意林

18周年

纪念书C

《意林》编辑部 编

吉林摄影出版社
·长春·

图书在版编目（CIP）数据

意林18周年纪念书.C/《意林》编辑部编.-- 长春：吉林摄影出版社，2021.12
ISBN 978-7-5498-5129-4

Ⅰ.①意… Ⅱ.①意… Ⅲ.①故事—作品集—世界—现代 Ⅳ.①I14

中国版本图书馆CIP数据核字(2021)第244174号

意林18周年纪念书C
YILIN 18 ZHOUNIAN JINIAN SHU C

出 版 人	车　强
主　　编	顾　平　杜普洲
责任编辑	王维夏
总 策 划	蔡　燕
统筹策划	许树平
设计总监	资　源
执行编辑	许树平
封面设计	金　宇
美术编辑	岳红波
发行总监	王俊杰
封面供图	锐景创意
开　　本	700mm×1000mm 1/16
字　　数	150千字
印　　张	8
版　　次	2021年12月第1版
印　　次	2021年12月第1次印刷

出　　版	吉林摄影出版社
发　　行	吉林摄影出版社
地　　址	长春市净月高新技术开发区福祉大路5788号
	邮　编：130118
电　　话	总编办　0431-81629821
	发行科　0431-81629829
经　　销	全国各地新华书店
印　　刷	天津泰宇印务有限公司

书　　号　ISBN 978-7-5498-5129-4　　　　定　价：18.00元

版权所有　翻印必究
（如发现印装质量问题，请与承印厂联系退换）

目录

让我们活过一个蛙卵	周海亮	001
一念之差	贝小戎	002
果实与种树人	尤 今	003
生活里的那道微光	刘 同	004
坚韧的力量	阿日乐	005
体验是一种可以训练出来的能力	罗振宇	006
你中有我，我中有你	恋爱成长学会专家组	007
走着瞧	[日]松浦弥太郎 译/陶 芸	008
入门级高手	菜刀少爷	009
公主不许穿皮草	陆布衣	010
鹿头	尤 今	011
网络表情的神奇魔力	苏 芩	012
格格不入也是一种小清新	夏川山	013
借助地形	莫小米	014
猫的冷酷与智慧	[日]村上春树 译/烨 伊	015
爱的长度取决于爱的冷度	苏 岑	016
做自己的英雄	蔡志忠	017
包总是很重的人，很难取得成功	[日]田口智隆 译/袁 淼	018
你的饭商及格吗	江 岸	019
不用迁就	王文华	020

目录

撒谎还金	赵盛基	021
我把活着喜欢过了	齐 心	022
马屁鸟	陆布衣	023
最合适的距离	马 德	024
人为更加美丽而活 [日]松浦弥太郎 译/许明煌		025
一句好话	张晓风	026
流转的我	简 媜	027
航班延误太棒了 [美]汤姆·齐格勒 译/看门人		028
最简单的快乐	张佳玮	029
树还记得	Ent	030
对你成长的邀请	苏 芩	031
平和	马 德	032
伤心者	小岩井	033
你特殊在哪里	万维钢	034
他还没有忏悔	流 沙	035
傅雷读书法	王文元	036
生活的减法	周国平	037
微不足道的开始	在行一点一个	038
菠萝心的滋味	蔡志忠	039
请勿离开	刘继荣	040
蚂蚁与金合欢树	思 齐	041
什么是"优雅"的狼性	李筱懿	042
高处是我的弱项 [日]村上春树 译/施小炜		043

目录

凭借"如果"之力　　　　　　　　　　[日]小山薰堂 译/杨珍珍　044
生活中美好的鱼　　　　　　林晚啼　045
我不过是一粒宇宙微尘　　　李银河　046
90岁的尊严　　　　　　　　郑　宪　047
不踩失意人，不捧得意人　　乔兆军　048
春意是爱意　　　　　　　　高明昌　049
羡慕　　　　　　　　　　　谭幼今　050
成熟是一种明亮而不刺眼的光辉　余秋雨　051
和自己约会　　　[韩]南仁淑 译/阿　南　052
什么都不需要着急　　　　　陆　地　053
一定有人比你更努力　　　　高　原　054
说"怒"　　　　　　　　　　梁实秋　055
你要把心关上　　　　　　　蔡康永　056
把弱点当作根据地　　　　　周国平　057
人生里的红灯　　　　　　　秦嗣林　058
我给企鹅唱支歌　　　　　　眭澔平　059
女孩的遗嘱　　　　　　　　莫小米　060
心的力量　　　　　　　　　王文献　061
人是植物　　　　　　　　　郁喆隽　062
我静静地活着，然后静静地消失　李银河　063
风到底要吹走什么　　　　　鲍尔吉·原野　064
色彩"改变"了时间的长短　　东方飞扬　065
让一小块时间显形　　　　　万晓岩　066
做一朵花的知己　　　　　　薛　峰　067

目录

优等的心,必须坚固	毕淑敏	068
后来居上	亦维	069
少年·加州	一格	070
谁都有伤心的权利	吴淡如	071
哪有什么人生巅峰	陈文茜	072
教授先生	杨澜	073
妙不可言	莫小米	074
整容不如整心	蔡澜	075
冷静是最优雅的态度	沈嘉柯	076
伤口多了就是锯	沈岳明	077
黑色:威信与力量的象征 [日]内藤谊人 译/赵萍		078
真正的远见	李尚龙	079
刺	刘继荣	080
特殊的重逢	江东旭	081
爱是那个总能辨认的声音	王秋珍	082
忍为众妙之门	周国平	083
付费买时间	成甲	084
努力要得法	梁凤仪	085
两千年的时光	叶孝忠	086
喜爱这世界	罗兰	087
上比与下比	黄永武	088
为什么我们喜欢和自己相似的人	罗辑思维	089
冰做的输油管	任万杰	090
为快乐列表 [美]梅特卡夫 译/孙宝成		091

目录

包浆	王 伟	092
绝壁求生的独根草	黄淑芬	093
如何告别青春		
[匈牙利] 马洛伊·山多尔 译/舒荪乐		094
花儿多了不长瓜	赵盛基	095
雨后	陆 苏	096
谁也不欠你的	平原马	097
为你结个小小的网	郑海啸	098
爱就是克制	韩 寒	099
落难的王子	周国平	100
相思鸟	宋晶宜	100
被安静吵醒	林清玄	101
动物性和昆虫性	李碧华	101
康老子	王鼎钧	102
一生从容	林晚啼	102
人生最难知进退	亦 舒	103
小梦	丰子恺	103
怕麻烦	马 德	104
苦不传人	祁文斌	104
微力不微	林燕妮	105
美丽与威慑	李 羽	105
爱挑理的人	马 德	106
想	亦 舒	106
黑色雨伞	于 坚	107
心灵与器官	奇 士	107

目录

补鞋匠的夏天	张小娴	108
蚕	王鼎钧	108
敏感	平原马	109
黄昏都是诗	冯骥才	109
万花筒	叶倾城	110
门道	子衿	110
永不气馁	亦舒	111
杯子	陈战	111
心无杂念	黄霑	112
魔床	毕淑敏	112
量力	郭华悦	113
中庭树老阅人多	丰子恺	113
脚下照顾　［日］松下幸之助	译／胡晓丁	114
笨的我	朵拉	114
浮生若茶	滕征辉	115
芮苴　［越南］一行禅师	译／龙彦	115
习惯	方闲	116
努力有时候是愚蠢的	毕飞宇	116
逆境也是生活	周国平	117
樱花	张烦烦	117
幸福与健康　［德］叔本华	译／韦启昌	118
我的身上蹭满了文字　　［捷克］博胡米尔·赫拉巴尔	译／杨乐云	118
泥人和木人的隔阂	海星	119
不可以笨	亦舒	119

让我们活过一个蛙卵

□周海亮

南美洲的哥斯达黎加雨林里，有一种以蛙为食的蛇。由于那里的蛙非常多，所以自古以来，这种蛇不必为食物担忧。可是近几年，细心的科学家们发现，这种蛇有时也会面临饥饿。

因为蛙的进化速度远比蛇快。

进化让蛙有了逃脱蛇口的本领。它们不但进化出更加敏锐的眼睛，更加有力的四肢，并且可以在水面上奔跑。当一条蛇试图靠近一只蛙时，这只蛙便会奋力跳开，然后像武侠片里的"轻功水上漂"一般，在水面上狂奔。

蛇的食物，就这样逃走了。

然而，到了蛙的繁殖季节，大堆的蛙卵是不会动的。蛙卵挂在水草的叶面上，明晃晃的一团，这是蛇最喜欢的食物。

神奇之处在于，当蛇一点点靠近蛙卵，蛙卵竟然好像可以觉察到危险的来临。的确，此时的蛙卵没有发育成熟，但即便如此，它们也绝不会坐以待毙。它们会令人难以置信地加速发育，并且，随着蛇越来越接近它们，它们的发育也会变得越来越快。

终于，在蛇即将触及它们的时候，蛙卵们纷纷变成蝌蚪，跳进水中，迅速游开。留在草叶上的，只有空空的卵壳。

本能竟可以促使蛙卵加速发育然后逃离危险，进化让动物有了如此超常的能力，这让科学家们迷惑不解。

无论如何，这是事实。哥斯达黎加的雨林中，蛙越来越多，蛇越来越少。

我常常想，人类在逃离危险处境这件事情上，远不如我们所轻视的动物那样成熟和成功。

当意外发生，当危险降临，我们绝不可能看到一个婴儿站起来狂奔。

可是人类有思维。

很多时候，思维可以弥补我们身体上的缺陷。我指的是，最起码，当预感到危险可能会在某一天降临的时候，我们可以提前远离、终止，或者改变这一切。

比如核战争，比如环境污染，比如自相残杀。

与蛙卵处境不同的是，蛙卵要对付的是一条蛇，而人类要对付的，其实是我们自己。

因为太多时候，我们既蛙又蛇。

自诩全能的人类，先让我们活过一个蛙卵再说吧。

(图/曹黑黑)

一念之差

□贝小戎

在美剧《少年谢尔顿》第三集里,谢尔顿跟家人一起听牧师布道。牧师说:"有人问我怎么知道上帝是否存在,我回答说这是个很简单的数学题:上帝要么存在,要么不存在,让我们持怀疑态度来看,最坏的情况也是对半开。我喜欢这个概率。"谢尔顿说,牧师的说法是错的,"混淆了可能性和概率,按照你的类比,我回家后,可能在床上发现100万美元,也可能没有。在哪个宇宙中这件事的可能性是对半开?上帝存在的概率是0,我相信科学。"

谢尔顿使用了归谬法反驳牧师。再比如,我们出门的话,要么会被车撞到,要么不会被车撞到,被车撞到的概率是对半开,概率如果真的这么高,可能没人敢出门了。任何事情的可能性都是1或0,即有或者没有;而具体到特定的条件下,这件事发生的可能性有多大,这叫概率。

概率是一个很强大的武器,但清楚的数字往往压不过我们的本能。英国一位统计学家参与撰写的《一念之差》一书中说:"数字和概率呈现的是最后的结果,是人类共同的风险对于所有人概括的比率……人生就是用故事建造的迷宫。同时有两股力量产生:一种把大众推向确定,另一种则是把个体推向不确定。"人在幼儿时期死亡风险确实比较高,但只要撑到1岁以后,直到7岁,就到了他们人生中最安全的日子,可是我们陪几岁的孩子玩耍时总是怕他们冒险。现在在英国,15岁以下的儿童死于交通意外的概率非常低,而且是所有年龄层中最低的,每年有更多儿童被窗帘的绑绳勒死,但人们仍会细心地照常接送孩子上学,而对窗帘绳的潜在风险可能还不够警醒。

在英国,500万人中每天死于意外的人大约是50人,百万分之一的概率,专家把这个称为1个微死亡,相当于连抛20次硬币,全是人头朝上的概率。这是正常生活的基准点,然后就可以以它为基准,来判断其他事件的概率:在英国非紧急手术全身麻醉死亡的风险大概是十万分之一,等于10个微死亡。再做一个对比:美国科普作家兰道尔·门罗计算过每个人找到自己的灵魂伴侣的概率是万分之一,这样死于意外的可能性远远小于找到知心伴侣的概率。

另一个有用的概率是:每天运动20分钟能减少19%的年死亡风险,相当于每天增加1小时平均寿命,赚40分钟,但运动的报酬会递减,每天锻炼增加到1小时,仅降低24%的风险,增加1.5小时的寿命,只赚了30分钟,所以人不能太懒,也别用力过度。

(图/李坤)

果实与种树人

□尤 今

一名中学生到餐馆吃饭,点了一道石锅排骨饭。

吃不完,留下一张字条和小费给店家。字条上写道:"我非常喜欢这锅排骨饭,然而,分量太大了,我现在又不太饿,所以,无法把饭全都吃完。浪费粮食是不对的,为了聊表歉意,我留下两元钱充作小费,数目虽小,却是我一天的零用钱。我以后会再来光顾的,谢谢你们。"

店家把字条上传到社交媒体,附言道:"我们的生意在疫情肆虐期间受到严重的影响,全体员工都很努力地提高饭菜的水准和服务的素质,希望能让生意好转。这名女生的表现,让我们觉得一切的付出都是值得的。"

这则温暖的小故事感动了万千网民,信息如滚雪球般传开,而店家也邀请该名女生和她的家长到餐馆去吃饭,借以表扬家长为孩子灌输了正确的价值观。

家庭是教育的摇篮,而学校则是教育的延续。

女生这个小小的举动,完美地彰显了家教所发挥的巨大影响,而这也是"种瓜得瓜,种豆得豆"的美好成果。

一个坏小孩将会长成一个烂大人——这个道理大家都懂,可是,很多人忽略的是,坏小孩很多时候是在父母一点一滴不当的教育下长大成人的。

曾经不止一次,听到父母亲以不同的方式称赞他们的孩子——

甲说:"熊熊可真逗啊,才三岁,可是,每次在饭菜里吃到鱼刺,一张口,口中食物便飞射出来,有时,射程极远,居然落到对面他哥哥的盘子里,唬得他爸爸一愣一愣的,哈哈哈!"

在饭桌上"勤于练功"的熊熊,已成"过街老鼠",可悲的是,家长浑然不知。

乙说:"我家娇娇,味蕾真挑啊!五岁的小孩,居然懂得挑精拣肥,吃咸蛋,只吃蛋黄,蛋白给她奶奶;吃菜,只吃嫩叶,菜梗都给她爷爷……"

娇娇长大之后,吃香蕉时,也许会让她奶奶吃香蕉皮;吃橘子时,或许会让她爷爷吃橘子皮;如果吃的是榴梿嘛……嘿嘿!

果实长成什么样子,取决于种树人的态度。

(图/木木)

生活里的那道微光

□刘 同

我曾经以为自己是全世界最愚笨的人，后来慢慢长大之后，才发现这个世界上对自己无能为力的人如此之多。

"后来你是怎么走出来的？"有人问。

高三那年，课业极其繁重，我已然从心里彻底放弃了高考。只是有一天，数学老师开始从头复习高一的数学。

我心里冒出一个念头：既然我什么都学不会，那么高一的数学，以我高三的智商还是都能明白的吧？很多事情越着急越混乱，反而是彻底放弃之后，心里宁静了。数学老师每天复习一个小节，于是我就把那个小节的习题用各种方法解决掉，就在别人纷纷为高考冲刺的时候，我把所有的注意力花在了高一的数学上。

就这么坚持了一两个星期之后，到了数学的小节考试。

100分满分，我破天荒地得了90分，那是我第一次靠自己的能力解决了如此多的考试上的问题。

此后的数学测试，每当小节考试，我的成绩就不错，一到月考我的成绩就倒数。但我知道自己似乎和之前变得不一样了，因为此前的我做任何事情都没有成就感，不知道自己的付出能得到什么，而现在我已经知道了，我能把数学的小节考试做得不错，证明再多给一些时间，也许自己是可以的。

这种微小的成就感就像是心里的一小撮火苗，用时间和细心去呵护，慢慢地，内心的冷漠、无助、黑暗都因为这一点点火苗开始消融。

之后的我，敢向老师提问，敢和同学交流，敢在其他科目上相信自己。高三那年的我，带着这一点儿火光，吸足了氧气，一路燃烧，终于考上了大学。

后来进入社会，开始北漂，也常会对眼前的生活与未来感到困惑。

大事干不成，我便会埋头寻找任何地方的微小成就感。一封回得很及时的邮件，一段不错的颁奖盛典的主持人开幕词，最好的盒饭供应商，让节目变得不太一样的环节设置……

每一点儿小小的改变都在提醒我：自己的工作是有意义的，当越来越多有意义的事情连成一片的时候，你总会被机会看见的。

每个人都有对人生无能为力的时候，这时不妨停止自责，去找你能够得到的，哪怕最微小的成就感，爱护它，让它帮你重新点燃对未来的理解。

（图/张翀）

坚韧的力量

□阿日乐

这是一个信息爆炸,社会发展速度一日不止千里的时代。

望着高如仙峰的塔楼,看着疾如迅龙的动车,很多遇到困难,遭到非议的人们迷茫了。

"不是我不明白,这世界变化快";他们整日宅于家中,耽于自艾,沉迷于"毒鸡汤""反成功学",坦然地走上了庸碌之途,连回头再看一眼的勇气都没有。

而最初的梦想,曾有过的信仰,就这样被弃如敝屣。

他们忘了,是什么曾激励其奋进,赋予其力量——

他们忘了,何谓"坚韧"二字!

"天将降大任于是人也,必先苦其心志,劳其筋骨,饿其体肤。"坚韧的品格,给人对抗困苦的心志。司马迁,因仗义谇言而惨遭宫刑。刺骨锥心之痛,早已饱尝,尊严无存之苦,更是要折磨他一生!可他依然喝退了命运的嘲弄,他以惊人的毅力完成了《史记》,大笔一挥,后人从此世代铭记太史公之名!

此等苦楚,比之我等遇到的难处,又如何?

"千磨万击还坚劲,任尔东西南北风。"坚韧的品格,给人对抗绝境的希望。对于明兵部尚书于谦而言,关外惨败,皇帝被掳,身后就是岌岌可危的北京城!朝野震动,群臣惊恐,迁都避战言论甚嚣尘上!可他依然以一己之力排众议,一身之肩担道义,带领北京军民击退了鞑靼的进攻,战鼓一擂,后人从此世代敬仰于廷益之威!

此等险境,比之我等身处的境遇,又如何?

"锲而舍之,朽木不折;锲而不舍,金石可镂。"坚韧的品格,给人冲破荆棘的力量。爱迪生发明电灯,经历了千余次的失败重来,马克思创作《资本论》,花费了长达四十年的岁月光阴。而他们也终究用成功告诉世人:世上本无难事,只要敢于登攀!

诚然,先哲大家们的生平是传奇的,他们是夜空中的璨星皓月,令你我只能拜服仰望。

然其所经历之艰难险阻,又岂是你我平生所能遇见的?既然他们可以以坚忍的意志克服万难,那么面对生活中那一点儿尘扰、一点儿烦忧的我们又有什么理由不迎难而上?还要再度退却,把软弱写在脸上吗?

坚韧就是力量,这力量是百炼之铁,这力量是千锻之钢!愿各位以坚韧自勉,做生活的强者,做命运的主人,告别自己曾经的模样!

(图/曹黑黑)

体验是一种可以训练出来的能力

□罗振宇

今年,我有一个很受启发的瞬间。

有一个朋友家的孩子,一边做作业,一边看电影,一边还和同学在网上聊天。我说,这能行吗?这作业还做得好吗?

朋友说:"你的担心是多余的。他们这代孩子,大脑的带宽和我们不一样。他们就是可以这样多线程运行。我这孩子是学霸,没问题的。"

他还说:"我们父母那代人也不太理解我们为什么可以同时处理那么多事,为什么能在微信的那么多对话框里跳来跳去。你看,大脑的进化是一直在加速的。应对高强度、强刺激、多通道信息涌入,上一代人不如我们这一代人。"

而我们这一代人,远远比不上下一代人。

有人总是喊着要岁月静好,但真实世界毕竟大河奔流。

就像我们做的得到 APP 里面的音频,有用户问:"你们为什么不能 2 倍速播放?这样,10 分钟的课,我 5 分钟就听完了,效率高很多啊。"好,我们就做了 2 倍速播放。

又有用户说了:"你们为什么不做 3 倍速播放?"

我们找了徐小平老师的一段话,看用 3 倍速播放是什么体验。3 倍速已经很难听得懂了。

徐小平老师说的是:"如果你找不到一个好的创意,不妨试着解决一个你自己遇到的问题。今天,你遇到了什么问题?"这是徐小平老师在得到精品课"创业基本功"里的一段话。你也可以在得到里找这个音频,听听看 3 倍速能不能听得懂。

这还没完。

有一天,我遇到了一位用户。他说:"我用的是手机自带的 5 倍速。"他给我感受了一下 5 倍速,完全是噪声啊。

这位用户说:"别着急,这是可以训练出来的能力。从 1.5 倍速到 2 倍速,大概要适应一个星期,然后就会越来越快,你大脑的分辨率会越来越高。更重要的是,一旦自我训练完成,你可以听更高速的语音,就再也退不回去了。"

"体验是一种可以训练出来的能力。一旦达成,就再也退不回去了。"就像那个公主,隔着 20 层床垫,也能感知到一粒豌豆。

这就是"豌豆公主效应"。

你看,用户在拼命向前,要是感知不到用户的这种变化,我们就会服务不了他们。

(图/罗再武)

你中有我，我中有你

□恋爱成长学会专家组

我的一个女学员发了一条关于早晨跑步的朋友圈，然后一个曾经追求她的男人评论说："被你的正能量吓哭了。"这其实是这个男人对她的调侃。

这个学员问我应该怎么回，我就让她回复说："那要不要我哄哄你啊？"

一个学员说她男朋友发了一条信息给她，内容是："你吃饭了没啊？"我当时教她的回答是："没呢，没你的问候吃得不香。"

一个学员对她的一个老同事比较感兴趣。

有一次，他们聊天聊到去旅游这个话题。男人说："生活不止眼前的苟且，还有诗和远方。"

我建议这个学员回复说："那你负责带路去田野，我负责写诗。"

这几个答案的共同点是什么？你可以体会一下。我觉得它们最大的共同点就是三个字——参与感。

什么叫参与感呢？就是说你的答案把你和他都包括在里面。很多时候你会疑惑：为什么他总是觉得我跟他不是一路人呢？因为很多时候，你给他的回复，无论是夸他，还是怎样，都是以他为中心，或者是以你为中心。只有把这些回复变成让双方都有参与感的事情，才能让两人有得聊。

比如说，当你听到对方说"生活不止眼前的苟且，还有诗和远方"的时候，你不知道该怎么回，对吧？但我马上就会想：田野和诗这两个事物是可以放到一起的，那为什么不能在回复时把你们两个都代入其中呢？把你们两个都代入其中的回复方式不就是"你负责带路去田野，我负责写诗"吗？当然，你也可以说"我负责带路去田野，你负责写诗"。这都可以，只要把你们两个人都代入就行。

答案不仅限于上面几种，你只要掌握了"参与感"这三个字，别人就会觉得跟你非常有话聊，而且这种回复里还有另一个秘密——活在当下。

什么叫活在当下呢？比如有个男人说他要哭了，我们先撇开这个人的身份，哪怕他是一个普通人，他快哭了，你觉得是不是要哄哄他，或者帮他擦擦眼泪？所以，你可以说："过来，我帮你擦擦眼泪，摸摸头。"

具体答案当然是可以千变万化的，但一定要遵循两个标准，第一个是参与感，第二个是活在当下。

（图/张翀）

走着瞧

□ [日] 松浦弥太郎　译/陶　芸

实际上，我到三十五岁左右，一直都处于社会的底层。

但是，现在想想，也正是那段时期培养了我自己的能力。也正是因为那段时期，我的精神世界才会变得富足。总是处于社会底层，你才会总想着不断地向上爬。也因为处于底层，你才能看到前所未见，听到前所未闻之事，也才能干出一些成绩。

在四面楚歌，想要放弃，好像要沉入深潭底部的时候，我常常会对自己轻声说出那句魔法语言：

"走着瞧！"

这句话，我不知道对自己说了几千次、几万次。

有时甚至会被人嘲笑："哪里来的台词嘛！"但即便如此，我也总是在心里默念："走着瞧！"

当然，这并不是要战胜谁、打败谁，什么时候一定要混出个模样给谁看。

说这句话，我只是想表达，虽然我现在还很渺小，但天生我材必有用，将来，我一定能有利于社会，一定能在人世间占有一席之地。

所谓魔法语言，它一定能最大限度地发挥你的才干，在你人生的低谷，一定会在最后、最关键的时刻，给你鼓舞，给你信心。

我最近发现，最后的、最关键的时刻就是你深深沉入池塘底部的时刻。沉入深潭，你只能不断地努力，不断地向上游。不能因为沉入了深潭底部，就放弃希望！

这句魔法语言，我现在不常说。但是，在我悲伤、徘徊、难以忍耐、难以坚持的时候，我一定会轻轻地对自己说："走着瞧！"

魔法语言可能听起来有点言过其实，有点不像你的风格。但是，如果它能够让你奋进，让你东山再起，便足矣。

今天，我再一次对着天空，高声喊道："走着瞧！"这就是我的魔法语言。

（图/点点）

入门级高手

□菜刀少爷

篮球给我带来了无数的快乐。大三的某个夜晚，我猛然意识到了一个问题：我打了十年篮球，居然还不会左手上篮！

这真的很诡异。是我不够勤奋？打球的优先级比吃饭都高。是我脑子不行？我的高考成绩还可以啊……

有个著名的"一万小时"理论，大意是：天才不是天生的，而是练出来的。要成为某个领域的顶尖高手，需要练习一万个小时。对这个理论，我是不服气的。我大学同学沉迷于Dota（刀塔）游戏，看攻略，打比赛……四年下来，也就业余三流水平。十年来，和我一同出道的姚明已经在NBA转了一圈，功成身退，而我连左手上篮都不会。这是"一万小时"理论的缺陷，更是无数人潜意识里的错觉：误把时间的流逝当作能力的增长。

实际上，当我摆正了心态，找到正确的方法之后，不到一个月，我就学会了左手上篮。

具体来说，练习的步骤是这样的：

先练手部动作，再练运球第一步，最后练无球步伐。把以上环节串起来，在没有对抗的情况下，我第一次完成了全套运动，之后，我每天去操场跑50个空篮，形成肌肉记忆。把跑空篮练熟了之后，我又去了球场，提高防守以及身体对抗的能力……

不出一个月，我就学会了左手上篮。整个过程没有难度，没有痛苦。这套方法并不复杂，其中的法门不过八个字：分解目标，循序渐进。

一个月就能学会的东西我为什么之前用了十年都没学会？一是没有耐心，二是方法不对。

在这个浮躁的时代，人人都喜欢速成，人人都喜欢走捷径，人人都想找快钱。欲速则不达，把时间轴拉长来看，稳打稳扎并且步步为营才是最快的捷径。

方法不对也是一个重要原因。比如说我打篮球只是在享受乐趣，一遍遍重复着自己习惯的动作，却没有挑战技术的盲区，没有刻意练习的磨砺，再多的重复也不能提升技术。

学会左手上篮不仅仅是我生活中的小插曲，更是我人生的开窍时刻。我发现这一套逻辑几乎可以运用到人生的任何领域：从做饭、写作、演讲、项目管理到公司经营……术虽不同，道却相通。要成为顶尖的高手，确实要天时地利人和，但要成为入门级的高手，只要方法得当，天赋平平如我者也可以做到。

（图/豆薇）

公主不许穿皮草

□陆布衣

宋代杨亿的笔记《杨文公谈苑》中有《太祖不许公主服翠襦》：

宋太祖的魏国长公主，曾经穿着锦绣翠鸟羽毛的短袄拜见老爹。老爹见大女儿穿成这样，一脸不高兴，对女儿说："你把这件衣服脱下来给我，以后也不要用翠鸟的羽毛做装饰了。"

女儿笑着对老爹讲："我这件小上衣，能用多少翠鸟的羽毛啊？"

太祖教导她："女儿啊，不能这样说。你穿皮草，整个皇宫里都会仿效，那么，京城里翠羽的价格就会上涨，商人就会去逐利，连锁反应一大串，就会伤害更多的动物。你生长在富贵人家，应该珍惜来之不易的幸福，怎么可以成为制造祸事的源头呢？"

公主深受教育，很惭愧："我记住您的教导了！"

有一回，公主对皇帝讲："您做天子这么久了，难道不可以坐一顶黄金轿子？那样出入多威风啊！"

太祖大笑："四海的财富都是我的，我将整个宫殿装饰成金的都可以，但我不能这样做，我只是替天下守住财富，怎么能乱用呢？古人讲，以一人治天下，但不能以天下奉一人。如果我只顾自己享受，那么天下的百姓会怎么看我呢？"

许多的笔记都记载，宋太祖具有良好的道德品质，粗布麻鞋，生活俭朴，处处自律。

他对长公主的教育，就是典型的从细微处入手，皇家的一举一动，都是风向标，无论什么方面，都要带好头。皮草上衣，也不是什么太名贵的东西。《孔雀东南飞》中就有："妾有绣腰襦，葳蕤自生光。"这件能生光的短上衣，想来更高级。

一人治天下，不以天下奉一人。很多王朝的初期建立者，似乎都能将它作为座右铭。一人治天下，是上天或者历史赋予的责任，但不是说，你就可以为所欲为了，凡是天下奉一人的，都不会长久。

（图/博凡）

鹿头

□尤 今

旅行时,原本是带着"不买东西"的原则上路的,可惜的是,我是个看见好东西会动心的俗女子,所以,常常给自己带来不必要的麻烦。

在新西兰,看皮裘、看皮包;看宝石、看彩石;我好似道行极高的老僧,毫不动心。

一日,迈进了一家土著开设的商店,目光一转,惊呼一声,"定力"彻底瓦解。

我看见了鹿头。

是栩栩如生、活灵活现的标本。

七八只一整排地挂在墙上,鹿角参差有致地向上伸着,圆圆的眸子,深沉地凝视着广袤的空间。

奇怪的是,尽管生命已殒灭,眼里的神采,却没有因此而消失,眼珠子很亮很亮,好似上了釉彩,又像是薄薄地镀着一层泪光;更奇的是,眸子的颜色,还会生动地起着变化,好像在对你诉说一则千百年前触动人心的悲情故事。

我对它一见钟情,执意要买。

它既大又重,怎么带?还有足足十多天的旅程呢!经验丰富的店东,当然不会让我被这问题难倒。他取来一个以木条钉成的大木箱,四面通风,三尺来高,两尺来宽,坚实牢固。那只鹿头,就这样稳稳地坐了进去。

接下来,是一连串我不愿回顾的"苦役"。

当时,我们采取的是租车自驾的旅行方式,勉强地把木箱搁入车子的后备厢后,车盖合不上,用粗绳索硬硬地把车盖拉下来,绑住。

一回,雨狂下,速速停车,找避水大衣,不是披自己,而是披木箱,怕雨水弄湿柔软的鹿毛。进出旅馆,又要找人来帮忙,抬上又抬下,麻烦又累赘。

终于,回返家门。慎重地把鹿头挂到墙上去。这时,看它的眼睛,奇怪,又不悲伤了。也许,它知道,它已不再是待价而沽的商品了。

它已找到了永久的家。

(图/木木)

网络表情的神奇魔力

□苏 芩

我越来越不喜欢"端庄"这类的词汇。一个人总是端着装着,该有多累?

曾有一段时间,身边的友人纷纷吐槽我:"你这个人也太严肃了,连发个信息也一副公事公办的死样子……"

精神一阵小紧张,过后,甩他们一脸冷笑:"喊,鸡蛋里头挑骨头!"

不过之后随着家人也开始加入他们的阵营,我的社交观彻底迷茫了:"我怎么就严肃了、死样了?"

没事的时候我拿着手机翻翻短信、微信,看看别人发来的,再看看自己发送的。没啥问题呀。

"我二十分钟到,稍等会儿。"

"麻烦邮件再传一下,昨天没收到。"

"采访挪下周吧?这周不在北京。"

迷茫几天过后,忽然有点儿开窍……此后我的短信发送方式正式更正为以下模板。

"我大概要二十分钟才能到哦,稍等会儿吧。"

"亲爱的,麻烦邮件再传一下好不,昨天没收到呢。"

"采访下周可以吗?这周不在北京哦。"

此后,对方在信息回复上对我的热情度大幅提升。没见过面的也搞得像失散多年的兄弟姐妹,怎一个热乎了得!

还真是这个道理,在句子末尾加一些语气词,可以起到缓和语气的效果。有点儿卖萌,也有点儿娇嗔,瞬间小女人的味道激增。

面对面的沟通是立体的呈现形式,包括语句、语气、表情、肢体动作等。文字则是单一的信息传递方式,略显生硬直白,它可以表达意思,但想要表达完整的情感,则需要把你的情绪融合进去。

表情、语气,都是建立完整对话形式的基础。

咱们经常使用网络表情,也常有些神奇的魔力。

(图/张翀)

格格不入也是一种小清新

□夏川山

油腻青少年,努力起来很难看。

这边刚挂上红色标语,"高二(2)班,猛虎下山",隔壁的高二(3)班便回敬一句"管他几班,全部干翻"——拜托,两年后大家都是陌路人好吗?请不要被班主任之间的攀比心蛊惑,把隔壁班当仇敌。青春比午休还短,悔恨却比失眠的夜更长。我情愿打开门来跑去隔壁班聊八卦,然后关起门来跟自己较劲,那才是我喜欢的努力。努力这件事,要够从容,从容形成姿态,姿态会带来美感。

油腻青少年,爱把套路当成熟。

真的成熟吗?得了吧,不过是给自己的失败一个唯美的台阶。当他们依葫芦画瓢地干出一些蠢事,结果真的被自己蠢到了,就会抱怨一声"某某套路比我深"。我觉得与其责怪人家套路太深,不如大大方方承认自己智力低下来得坦诚。

油腻青少年,想象力余额不足。

当交流这事儿开始图省事儿,那我们不如再省点儿事儿,闭嘴得了——表示好感,不是"比心"就是"约吗";表示厌恶,不是"diss(不公平地批评)"就是"怼你";形容美,除了"好看",你还能列举出十个近义词吗?我好奇当下的他们通常怎样告白,还会有精妙的潜台词和把秋水望穿的目光吗?

油腻青少年,识时务却非俊杰。

一跟他们谈未来就觉得没有未来,"你这个是夕阳产业""你那个前途渺茫"。我问:"那您的高见呢?"他说:"肯定要往最时兴的行业里头钻。"五年过去你看吧,他还在钻来钻去,却只是把生活戳得满目疮痍。你以为你是蚂蚁打洞呢?而那些真正成功的人,要么想在了所有人前面,把一个玩笑做成产业;要么固守初心,将一手烂牌打到翻身。人越油腻,便做得越少,说得越多,变成话痨。人越油腻,便越懂得适应,越看得开、想得少。所以有时我觉得,格格不入也是一种小清新。

(图/张翀)

借助地形

□莫小米

借助地形出奇制胜的事例有过许多,却没有一个叫我如此感慨的。

这是一位普通的母亲,一位普通的小学教师。她的一切都因为儿子的触犯刑律而变得不普通起来。

10年前,她24岁的儿子因参与一起出租车抢劫案,进了看守所。

她觉得自己无法再站在讲台上面对学生,就提前退休了。

她认为儿子犯罪,自己有不可推卸的责任,她想尽最大的努力来挽救他,怎么个挽救法,却不知道。她去看守所,想当面劝导。

可看守所高墙森森,连个窗都看不到。她对监管人员说想看儿子,回答是现在不能看。她非常绝望,只能在看守所的围墙外绕圈子。此后有许多个日子,人们都能看到这样的场景——一个羸弱凄苦的妇人,在坚实厚重的高墙下转圈,从早到晚,一圈又一圈。

可是她一次也没有看到儿子。终于有人告诉她,看守所的旁边有一座山。

爬上山,当儿子放风的时候,或许,你就能见到他。她上了山,等到了放风的时间,果然,看守所的操场尽收眼底。可是天哪,那么遥远的距离,一模一样的服装,她一双被泪水折损的眼睛怎么也辨认不出哪个是她儿子。

需要说明的是,这是一座北方的光秃秃的山,要换作南方植被葱郁茂密的山,母亲的希望大概也要落空的。她辨不出儿子,可儿子看到她了。

他从人群中走出来,大声呼喊着"妈妈",并朝着妈妈、朝着远山的方向,深深地鞠了一躬。

借助地形,母亲达成了与儿子的沟通。人和人有太多的沟通方式,面谈,电话,书信,我相信这对母子的沟通方式,登峰造极。

此后长长14个月里,她天天登上那座山。有一天风狂雨骤,邻居都说这样的天,看守所不会放风的,她还是去了。不知是不是老天也为之感动,当她在风雨中站了整整一个小时后,天奇迹般放晴,儿子走出牢房,看到一个被淋得湿漉漉的妈妈,站在蓝天的背景下,禁不住放声大哭。

14个月后,儿子的判决下来了,他将转到正式监狱服刑16年。也就是说,等他出来,24岁的男孩将变成40岁的中年人。在接下来的日子,母亲没有这样的地形了,但母亲却不再像当初那样忧心那样绝望,因为她早已占据了最有利的地形。

(图/点点)

猫的冷酷与智慧

□[日]村上春树 译/烨 伊

猫灵巧而睿智，深谙与人共生之道，狗可没那么聪明——我这么说，恐怕会遭到爱狗者的批判吧？

看到陌生人就叫，这是狗的天性，但猫不是。猫以是否合自己的心意为选择的标准。而且很奇怪，它们似乎更愿意与那些被狗吠叫的人做朋友。

我每每走夜路，都会被狗吠叫。有人说，狗亲近人，而猫亲近地。猫不会像狗那样全心全意地为人民服务。

如果非要套用服务与被服务的关系的话，往往是人服务于猫，而猫总是心安理得地接受人类的服务。

猫薄情，不知回报，无论人类如何宠爱它们，为它们鞍前马后地忙碌，它们想要走的时候，都不会有任何犹豫。

当然也有人喜欢猫这种性格——我就是其中之一。

猫也会撒娇，当它们觉得寂寞时，就会爬上主人的膝盖，或跳上摊开的报纸，随意那么一坐，千娇百媚。但它们绝不会像狗那样又摇尾巴又吐舌头来讨好人类。

它们随心所欲，特立独行。

看到猫占领我的椅子，伸长身体睡大觉，我就忍不住感慨猫深不可测的智慧。

猫决定睡在我的椅子上，可能是因为它们觉得我是一家之主。这是猫特有的方式——篡夺主人的椅子，悠然自得地睡觉。

我在家中的权利就在它们睡觉的时候一点儿一点儿丧失了。

波德莱尔说，从猫的眼睛里可以读取时间。

光的细微变化，都能在猫的眼睛里得到体现。我常用手指翻开猫的眼皮。手指下面的绿色瞳孔，像宇宙一般发出永恒的光芒。

不一会儿，猫的眼睛便会盖上一层白膜，哪怕它们是睁着眼睛的。这种本领，我是怎么睡都学不来的。

我从来没有见过猫发脾气，这也很神奇。我见过猫和猫之间激烈争战的场面，也见过几只比较勇敢的猫和狗"互吠"，但没见过猫对家人发脾气。

无论多么豁达的人，如果正睡得香甜时被人撬开眼皮，都会不高兴吧？但猫在睡觉的时候，不管你是掐它，还是挠它，它都不会生气。

在猫看来，人类的爱抚和捉弄，都是无聊的小把戏。

猫深谙人类的喜怒哀乐，为人类展示了一个永远零度的冷酷典范。

（图/曹黑黑）

爱的长度取决于爱的冷度

□苏 岑

有个姑娘跟男朋友定下了一套恋爱规矩：早上起床第一条微信必须是发给对方的，中午休息时视频聊聊吃了什么，下班后要么见面要么视频，QQ也要保持24小时在线……

理由是感情都是沟通出来的，聊得越多越懂得彼此，两颗心要24小时无缝对接。

这样一年下来，两个像透明人一样的她和他都觉得恋爱无趣。他们很疑惑：怎么就少了想靠近彼此的冲动呢？

这就是恋爱的潜规则：黏得越紧，散得越快。神秘感是最好的爱情催化剂，它让男女之间拥有彼此了解的冲动，一旦神秘感消失殆尽，吸引力就开始走下坡路了。

当代爱情越来越普遍的特色是"短命"。"短命"的恋情是高科技带来的各种副产品：各种现代及时沟通工具在缩短了空间距离的同时，某种程度上也拉大了心理距离。通信工具可以帮助恋人们了解彼此一天24小时的作息时间，但是面对冰冷的机器设备，人少了深入谈心的愿望。

这就是现代人的爱情特色：似乎很了解，却又不懂得。这亦是通信科技恋爱的产物。

在一次录制节目时，遇到一对即将金婚的老夫妻，讲述他们当年的恋爱约会时，几乎令我们感动泪下：那年的冬天，身处两地的两个人约好了要见面，她坐车去他的城市看他，他则一下班就冒着大雪守候在车站等她。结果直等到夜色深沉，末班车上也未见到她的身影。夜里过于寒冷，他只好随便找了个地方凑合一宿，第二天天没亮，又去车站继续等候。终于，晚了一夜她赶着早上第一班车来到了他身旁。原来，昨天她弄错了末班车时间，误了车……

人们总以为爱的浓度是以热度来衡量的。其实，爱的长度需要适当的"冷度"。爱情就是这样的，一旦毫无悬念，也就没有了持续关注的动力。

（图/张翀）

做自己的英雄

□蔡志忠

在我3岁半时,爸爸送给我一块小黑板,教我写字,所以我从4岁就开始写字、看书。

我从这块小黑板上,找到了我的人生之路,那就是我很爱画画,所以那时,我立下一个志愿,只要不饿死,我就要画一辈子,直到今天。

生活要饿死我还蛮难的,因为只要有一间房子可以住,只要有纸和笔,我就可以一直在屋里画画。

我每年有360天都在工作,每天工作16个到18个小时,但我的一生里,都在做最喜乐、最享受的事情。

所以后来,我发现一个结论,当一个人找到自己最喜欢、最拿手的事物,并且把它做到极致。

那么,无论你做哪一行,都一定会成功。在做的时候,还要有自我要求,每一次都要比上一次更好、更快。

当一个人找到自己最喜欢、最拿手的事情,把它做到极致,越做越快,越做越好,就会变得非常厉害,厉害到一般人的100倍,甚至1万倍。

如果我写自己的墓志铭,一定是"这个人一生所走的任何一步,都是他要走的;一生所做的任何事,都是自己要做的"。

其实,每个人都可以活出自己,走自己的路才会愉快,才会做得好。

有人说,做别人的手,听别人的指示去工作,能有多大的成就呢?要做自己想做的事,你才能发挥极致,因为除你以外,没有谁比你还了解自己。

除自己之外,还有谁更懂自己的能力呢?

(图/张翀)

包总是很重的人，很难取得成功

□ [日] 田口智隆 译/袁 淼

大街上总是能看到有人提着鼓鼓囊囊的包急匆匆地走着。

可能这一天，包里装着必须给客户看的样品和资料，这样还比较好理解。但如果每天，通勤的包都满满的，问题就来了。

包总是很重的人，很难取得成功。

我身边的成功人士，总的来说，随身携带的东西都不多。

包太满太重给人以拖沓的感觉；反之，则简单利索。旅行也是如此。

出国一周旅行，成功人士的行李简洁得让你惊艳。我自己坐飞机的时候，一般随身行李就是一只登机箱，很少托运巨大的行李箱。为什么成功人士的行李如此之少呢？

那是因为，他们很清楚什么事是必需的，而什么不是。

也就是说，他们在头脑中已经进行了思考和整理。而包沉重的人，可以说还做不到这一点。

去跟客户开会，这个资料是必需的，那个资料也是必需的。也不清楚究竟用得上用不上，一股脑儿装进包里，实际上能用的并不多。这就是不会整理的表现。

会整理的人，他就知道今天跟客户进行这个阶段的商谈，客户需要的是这个。因为很清楚，所以根本不会把有用的没用的全装进包里。头脑清楚，做工作当然有节奏有秩序，工作也能够顺利开展。

包里面的状态，就是你头脑中的状态。包里东西很多、混乱不堪的人，他的脑袋里面也是比较混乱的状态。不但不能接收和处理确切的信息，还经常判断延迟、判断失误。

包整洁的人，头脑也是清楚的，工作上也可以做到判断准确。

这个道理也适用于房间和书桌。

曾经的我也过着混乱的生活，那个时候靠借债度日，房间里乱得连下脚的地方都没有。

后来，我对房间进行了大清扫，只留下了真正有必要的生活用品，其余的都扔掉。从那以后我的心情发生了变化，事业和人生也迎来了转机。

自己的房间和书桌一片混乱的人，头脑不清楚，当然也不会成功。

还有电脑文档，电脑桌面上全是文档图标，也是头脑不清楚的表现。

（图/张翀）

你的饭商及格吗

□江 岸

做人做事有情商,其实吃饭也有"饭商"。吃吃喝喝不过是人之本能,但想提高饭商却没那么容易。

首先,你是否能在饭桌上化解难题?很多饭局的由来都是为了化解问题,《红楼梦》里最精于此道的,莫过于王熙凤。

宝玉的奶妈李嬷嬷昏庸愚蠢,又总倚老卖老。有次寻了事端大骂袭人,袭人委屈不已,凤姐以一顿饭,来平息这出闹剧。她上来就拉走了李嬷嬷,"你只说谁不好,我替你打他。我家里烧得滚热的野鸡,快来跟我吃酒去。"李嬷嬷脚不沾地跟着凤姐走了。一方面,是因为当家人凤姐给足了面子;另一方面,那顿饭也特别对年老嘴馋的李嬷嬷胃口。

其次,你是否能控制情绪?薛蟠和柳湘莲不打不相识,成了结拜兄弟,当尤三姐自尽、柳湘莲出家的消息传来,薛蟠大哭一场,带人四处寻找柳湘莲。宝钗想到要以酒席酬谢一下那些陪着薛蟠"走了一两千里的路程"的伙计们,薛蟠听了话,"急下了请帖,办了酒席",席间也给众人"挨次斟了酒",但说起柳湘莲的事,他开始无心待客了,"只是长吁短叹无精打采的,不像往日高兴"。不会控制情绪的主人,只能请出一顿没滋没味的饭,所以,饭商的前提,并不在于花钱多少,而在于能否笑脸相迎,真正宾主尽欢。

在这方面,薛蟠的母亲薛姨妈堪称典范。《红楼梦》第八回完整展现了薛姨妈的家宴。

这顿饭对于主人来说,有两大难题:一是宝玉身边的李嬷嬷很扫兴,总是管束着宝玉不让他尽兴喝酒,还搬出贾政来,"你可仔细老爷今儿在家,提防问你的书!"吓得宝玉"心中大不自在,慢慢地放下酒,垂了头"。眼看气氛转冷,薛姨妈立刻给宝玉定心丸吃,一力承担责任,让宝玉"只管放心吃,都有我呢"。薛家的这顿家宴有了浓浓的人情味,宾主尽欢之后,宝玉带着微醺,和黛玉结伴,满意而去。

最后,你的饭局是否有情趣?湘云曾经请客办过一个螃蟹宴,美景、美食、美酒、美器当前,湘云还能随时挽起袖子,和人划拳斗酒……她不仅擅长文艺的饭局,在炒热饭局气氛方面,也颇有独到之处。有饭商的人都是看似不起眼的吃货,但绝对是能为生活锦上添花的人,就像《红楼梦》里史湘云所宣称的那样,"是真名士自风流。我们这会子腥膻大吃大嚼,回来却是锦心绣口"。

成为一个有饭商的人,要懂吃、会吃,有格局,有生活情趣,能眼观六路耳听八方,要顾及别人的感受,还要有强大的情绪管理和解决问题的能力。你的饭商,及格吗?

(图/吴敏)

不用迁就

□王文华

皮肤科医师告诉我:"洗脸时应用温水,理想的温度是37℃到40℃。"

我点头称是,心里却想:"水温怎么可能控制得这么精准,难道要在洗脸池内放一个温度计?"

直到我到了东京成田机场,才发现水温可以控制得这么精准。

成田机场的厕所,洗手台分三部分:左边是可以挤出泡沫洗手液的管子,洗手液手感细腻,容量充沛,不会压不出来。中间是感应式出水口,虽是自动的,但水量充沛,不会吝啬地只给两滴。

出水口的右边是圆形的水温计,你可以旋转调节水温,从0℃到40℃,任意挑选。

让我感动的是:一个免费的公共场所,而非高价的餐厅、饭店,也努力提供体贴的服务。

他们认为,任何人都有权过舒适、得体、有尊严的生活。你不必是贵族,但某些时候能得到贵族般的享受。

日本的服务业,秉承着让老百姓过上贵族生活的态度,在产品的设计上,总是比顾客早想一步,多想一步。

成田机场的厕所,有专供旅客换衣服的房间。长途飞行后,你不必再委屈地挤在马桶旁换衣服。

候机室旁,有个授乳室,隐秘舒适,妈妈不用再躲到拥挤的洗手间。多少人会需要在机场喂奶?

这不重要。重要的是,只要顾客有这样的需求,就要满足她。

授乳室旁有电脑可以上网,10分钟100日元,屏幕左上角可以倒数计时。旁边的公用电话也是如此。

我投入两枚1000日元的硬币打到台湾地区,电话屏幕上出现类似下载软件时的横条,告诉你还可以讲多久。

多投一个硬币,横条就变长。

良好的公共场所,不会在水、电上吝啬,而是让你在最舒服的状态下使用。

候机室旁有个书桌,桌上有电源,你可以大大方方地坐在上面用电脑,不用迁就墙角的插座。

"不用迁就",是日本服务业的特色。事实上,服务不就应该如此吗?这不应该是最低标准吗?

(图/张翀)

撒谎还金

□赵盛基

元朝,曹鉴任职湖广行省员外郎的时候,一天,他收到了一个包裹并附有一封信,是原来的一个叫顾渊伯的老部下寄来的。信中表达了对曹鉴的思念之情,末尾写道:"知道老朋友睡眠不好,特寄去一点儿本地特产辰砂,有助睡眠,请老友试用一下。"

辰砂,就是朱砂,因产自湖南辰州,故又叫辰砂,的确有安神助眠的作用。老朋友记挂,曹鉴很高兴,老朋友的一番心意却之不恭,再说辰砂并不是什么贵重物品,就收下了。但是,他现在睡眠很好,无须药物助眠,用不着辰砂,所以,连包裹都没打开就放了起来。

大约过了半年之后,调配中药需要辰砂,曹鉴就把顾渊伯寄来的包裹找了出来。他掸掉落在上面的灰尘,将包裹打开。不料,让他大吃一惊。原来包裹里是辰砂不假,万万没想到里面竟然还有三两黄金。曹鉴这才明白了当初顾渊伯的用意,他是想利用自己的权势,升个一官半职的啊!曹鉴叹息一声,哭笑不得地自言自语道:"哎!渊伯呀渊伯,你把我当成什么人了,难道你还不了解我吗?你这不是要毁了我清廉的英名吗?"

曹鉴有点儿恼怒,拿起黄金就要寄回去,可是刚要出门,突然想起,顾渊伯不久前已经去世了。

曹鉴并不死心,一天,他将顾渊伯的儿子请到家里,想把黄金还给他。他知道实话实说人家肯定不会收,所以,就撒了个谎。曹鉴手拿黄金,郑重地对顾渊伯的儿子说:"这是令尊生前托付我交给你的,请你收下。"说完,把黄金如数交到了顾渊伯儿子的手里。顾渊伯的儿子信以为真,就收下了那三两黄金,曹鉴这才如释重负。

清廉是为官的本分,可贵的是,在没有监督、死无对证的情况下,依然坚守初心,面对重金不动心。

(图/关节熊)

我把活着喜欢过了

□齐 心

刚刚过去的这个季节，繁花盛开，温暖炽烈，但有那么一段纠结的时光，这些与我无关。

我写了三封遗书。

忽然地，疼痛来袭，不只是身体，更多是心理。整夜整夜地辗转反侧，想人生的种种可能，每一种都有着如海的忧愁。最坏，也不过是与这繁华人世作别吧。

总以为生老病死是别人的事，尽管她与他已经深深地触及我。

她是复旦大学的讲师，曾看重名利，出国留学，考证考研考博；常追求繁华旖旎，通宵熬夜、蹦迪、K歌，直到突患绝症，才幡然醒悟，在博客写下生命日记，劝诫清醒中人，熬夜是慢性自杀，名利更是浮云，活着才是王道。

他是一个父亲，在距我一个路口的距离住院，也是绝症。他是校长，威严到让人看他一眼就慌张，我更是，因为和我相恋的是他的儿子。年少的恋情，大多是没有结果的，但每个人又都自以为可以天长地久。

于是抗争，和他，和他安插的眼线，甚至还隐隐恨了他。哪承知，最终难以抗争的不是他。

本就脆弱的感情，在时间面前轻易服了输。而我，自毕业后，一直未见他。

再见的他，已是形容枯槁，缩在病床上，努力地向我笑。

去了医院。去之前写了遗书，郑重地，把信封粘得完整。一封给大老板，表示感谢，交代工作；一封给父母，告诉他们做他们的女儿很幸福，我爱他们，然后留下一个银行账号和密码；一封给爱人，诉尽衷肠，深情致歉，若有来生，首先学会的是包容，和怎样像他一样事无巨细的照顾与呵护。

不是绝症，却因了她和他在前，沉重到以为和这二者一样，进去再也不会出来望到天。不承想，三日后便出院。走出医院的大门，像是重新打开了一个世界，阳光是清亮的，花儿是馨香的，行人是友善的。有车，却不想坐，就想这样，一步步地走着，欢喜地存在着。

如今，那三封遗书仍然封存完好地躺在我的抽屉里，每次看到，它都像一个顽皮的孩子，又像一个对生活充满热忱的智者，在不时地提醒我：好好活着，珍惜活着，让一切的一切，都变成值得。是的，我感谢这次病痛，就像成功人士感谢历经的磨难一样。我想，待人生走至终点的那一刻，我会不无遗憾地说：浮生若梦，还好，我把活着喜欢过了。

（图/蚍蜉猫）

马屁鸟

□陆布衣

宋代岳珂《桯史》卷第九"万岁山瑞禽"记：艮岳初建成，好多官员都想别出心裁，拍宋徽宗马屁。

有个姓薛的老头，擅长训练各式动物。他到童贯那里自荐，愿意来训练这些珍禽。薛老头弄一辆和皇帝平时出行坐的一样的车，大叫一声，起驾，车子就开始出游了。行了一些路程，车停下来，车前面放一个大盆子，里面装满了煮熟的肉粒及高粱小米，薛老头就模仿禽鸟的叫声。那些鸟随即飞来，吃饱喝足。

薛老头每天都重复着这些动作，过了一个多月，他的车一出行，不需要装鸟叫，四周就聚集起很多的鸟。有一天，宋徽宗来视察艮岳。皇帝的车巡游，听到有清道的声音，天空中立即飞来数万只鸟。薛老头手上拿着块牙牌，嘴里高叫：万岁山瑞禽迎驾！皇帝大喜，立即封薛一个官职，并赏了他好多钱财。

靖康围城之际，因为食物匮乏，皇帝下令允许抓那些鸟，那些鸟都不跑，百姓徒手就可以捉到，用来充作食物。鸟不会拍马，是童贯们在拍。皇帝随便出行到哪里，早就习惯了道路两旁民众的围观。但是，假如来了一群鸟，而这些鸟都是来朝拜他的，情形就不一样。皇帝行进在富丽堂皇的园林中，再来无数珍禽，那心情，还要怎么形容呢？

如此看来，皇帝未必不清楚薛老头的训练过程，那些鸟只是习惯动作，就是奔着鸟食去的。但他还是喜欢，上瘾了，改不掉。所以，在整个北宋王朝即将崩溃时，那些鸟的命运，可想而知了。

鸟的命运，很像宋徽宗的命运，可怜徽宗被金人捉去，落得个点油灯的结局，比那些鸟惨多了。

（图/木木）

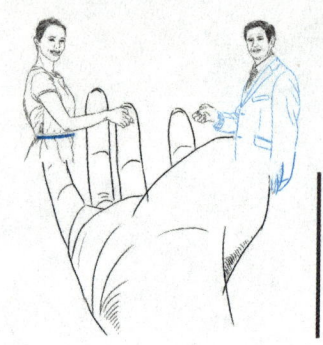

最合适的距离

□马 德

更多的时候,我们跟很多人都没有太大的关系。

尤其是一个平庸平凡的你,可能是人群中一个被忽略的存在。

这既是一种不幸,也是一种幸运。从世俗的角度看,这种不幸体现在你跟他人的关系不大,显不出你的社会价值;从人生的角度看,幸运恰恰也是因为你跟其他人关系不大,这样可以活得足够简单。

看起来,被人吹捧被人需要有着无上的风光,但人生真正的幸福其实是在繁华褪去、远离名利的简单生活里。

除非你是一个善于交际而又八面玲珑的人,能周旋于各种场合而不觉厌倦,否则,简单的人际关系才是一个清静的所在。清是彼此看得见,静是互相不打扰。

亲近而不纠缠,有用而不利用,是人与人之间最适合的距离。

有一种心理距离,微妙而叵测,那就是见不得别人好。

你一旦好了,对方往日那颗阔大的心,一下子就变得狭小,进而由熟悉变得疏远,由亲切变得古怪。

你一下子发现一个完全陌生的对方,霄壤之别,面目全非。

你会感慨在人性的版图上,人心原来也可以如此跌宕起伏,难以捉摸。

更恶的人性是,别人有好事,不是来祝福的,而是来诅咒的。

别人遭殃,不是来悲悯同情的,而是来幸灾乐祸的。民间所谓"气人有笑人无",即是此类人的真实写照。当然了,你还不能生气。因为,与这样的恶生气,就是与心底的善为难。

你要平静地告诉自己,善是这个世界的一部分,恶也是这个世界的一部分,既然没法选择,也就不必逃避。

人,只在命运发生偏转时,才会发现身边这些特别的人。

平素里,这些人看起来也老实巴交,和颜悦色。你惊惧而疑惑,以为他们是多出来的。其实,你看到的,只是他们人性乍露的另一面。或者,你看到了藏在人性深处的另一个群体。

活到这个份上,一惊一乍就没必要了,见怪不怪才算看透了人生。

人性的有些东西是天生的,它有沉渣泛起时,自也有悄无声息回落时。如此,那就静待它如初模样吧。

(图/木木)

人为更加美丽而活

□[日]松浦弥太郎 译/许明煌

在所有人的心中，想必都有一两位期待重逢的人。

我最想见到的人，是二十几岁时公司的一位同事，大我一岁的C小姐，她是我心目中最棒的女性。

早上我比所有人都早到公司，拖地、擦桌子、倒垃圾、烧水泡咖啡是我每天例行的工作。

不过，我努力的目的可没这么单纯。

我是想要得到C小姐的认可，让她能够经常想到我。

我负责的是杂务，公司里的所有人都算是我的上司，每个人工作的大小事，我只用了不到一年的时间就熟记于心。因此，如果有人突然请假，只要有我在就没问题。虽然我是全公司位次最低的人，但自己总是备妥了综观公司整体业务的视野。

而这一切都是为了C小姐，完全是因为思慕C小姐才能办到的呀。

前几天，在一位老朋友竭尽全力的安排下，我与二十年不见的C小姐终于再次相会。

C小姐比约定的时间早了十分钟翩然到来，当时的我直直地站着，紧张到一动也不敢动，接着我伸出手来与她的手相握。那是如此精力充沛的一双手啊。

"天气这么热，怎么不在店里面等呢？"C小姐嫣然一笑地说道。

过去的事情好像永远也聊不完，一下子就过了三个小时，也到了店家要打烊、我们该说再见的时候。C小姐跟我说："你看起来跟以前一样，完全没变呢。"

其实对我来说，C小姐也几乎没怎么变。虽然彼此都有了家庭，更巧的是女儿还一样大。

我说："虽然我们都变老了，但总觉得彼此并没有变化，这是因为心的年龄没有增加吗？那么，所谓的心灵老化是怎么一回事呢？"

我又接着说："一定有很多地方已经改变了，但眼神的光彩及颜色并没有失去。我们双瞳的光辉与色彩，都打磨得比从前更加耀眼、亮丽，是因为心灵没有老化吧。双眼失去光芒与色彩，也许就是心灵衰老造成的，而人也将会无法成长。虽然说我已经不记得自己当年的模样，却还记得那时候的你双眼闪闪发亮。即使距离今天已经二十年了，你还是一点儿也没有改变，双眼一样炯炯有神，正反映出你年轻的心灵。"

心灵的成长，能将自己双眼的光辉与色彩打磨得更加美丽，虽然没有办法阻止身体的衰老，却可以停止心灵的老化。无论到了多大的岁数，只要愿意磨炼，心灵的成长就能透过自己的双眸反映出来。

不管是年岁增长还是心灵成长，都会随着岁月流逝而变得更加动人。我认为人是为了更加美丽而活，也是为了打磨自己的双眸而活。

(图/木木)

一句好话

□张晓风

1

你们爱吃肥肉，还是瘦肉？

讲故事的是个年轻的女用人，名叫阿密，那一年我八岁，听善忘的她一遍遍讲这个她自己觉得非常好听的故事，不免烦腻，故事是这样的：

有个人，欠人家钱，一直欠，欠到过年都没有还哩，因为没有钱还嘛。后来那个债主不高兴了，他不甘心，所以到了吃年夜饭的时候，就偷偷跑到欠钱的人家里，躲在门口偷听，想知道他是真没有钱还是假没有钱，听到开饭了，那欠钱的说：

"今年过年，我们来大吃一顿，你们小孩子爱吃肥肉，还是瘦肉？"

（顺便插一句嘴，这是个老故事，那年头的肥肉瘦肉都是无上美味。）

那债主站在门外，听得清清楚楚，气得要死，心里想，你欠我钱，害我过年不方便，你们自己竟然还有肥肉瘦肉拣着吃哩！他一气，就冲进屋里，要当面给他好看，等到跑到桌前一看，哪里有肉，只有一碗萝卜一碗番薯，欠钱的人站起来说："没有办法，过年嘛，萝卜就算是肥肉，番薯就算是瘦肉，小孩子嘛！"

原来他们的肥肉就是白白的萝卜，瘦肉就是红红的番薯。他们是真穷啊，债主心软了，钱也不要了，跑回家去过年了。

许多年过去了，这个故事每到吃年夜饭时总会自动回到我的耳畔，分明已是一个不合时宜的老故事，但那个穷父亲的话多么好啊，难关要过，礼仪要守，钱却没有，但只要相恤相存，菜根也自有肥腴厚味吧！

在生命宴席极寒俭的时候，在关隘极窄极难过的时候，我仍要打起精神对自己说："喂，你爱吃肥肉，还是瘦肉？"

2

将来我们一起老。

其实，那天的会议倒是很正经的，仿佛是有关学校的研究和发展之类的。

有位老师，站了起来，说：

"我们是个新学校，老师进来的时候都一样年轻，将来要老，我们就一起老了……"

我听了，简直是急痛攻心，赶紧别过头去，免得让别人看见我的眼泪——从来没想到原来同事之间的萍水因缘也可以是这样的一生一世啊！学院里平日大家都忙，有的分析草药，有的解剖小狗，有的带学生做手术，有的正埋首典籍……研究范围相差甚远，大家都无暇顾及别人，然而在一年一度的后山蝉鸣里，在一阵阵的上课钟声间，在满山相思芬芳的韵律中，我们终将垂垂老去，一起交出我们的青春而老去。

竟有一句话使我一夕成长。

（图/陈明贵）

流转的我

□简 媜

　　文学令我痴狂,仿佛是永恒恋人。所以,我想象"你"是另一个我,在不同的世代中轮回。

　　你是唐朝时的我,宋朝的我,还是更早的,楚辞时代的我?你仍然悠游于那个时代,虽肉身已朽,灵魂依然留恋。我想你一定是个文人雅士,于丝竹管弦、诗词歌赋中陶然忘我的人。你于寒夜大雪中,与知己煮酒高歌过。

　　你于春园灿灿中,折一枝带泪牡丹,差童仆远赠伊人。你必定也曾夜半得梦惊起,披衣坐在洒遍月光的书斋,研墨,以蝇头小楷写下梦中得诗一首,佳节遥思某君。你在野渡的雾夜里,静静听过舟中传来哀伤的短笛。你在高朋满座的宴会后,说"归时休放烛花红,待踏马蹄清夜月"。那么,你必然曾经轻衣单骑,追寻晴花、雨树,聆赏松涛与风中路人之歌。杨柳堤岸,像一团绿雾,你系马,独自躺在绿茵上,感受日影拂脸、野雀啼春。你听说十里荧荷,如九天玄宫的三千佳丽出水,便马不停蹄下江南。你在山湖高崖中放纵,在诗歌中放纵,你揽臂欲拥一切世间之美入怀,你把诗情系在绽放的梅树上,要在绝美的风华中死去。

　　我想象你曾经这么度过诗歌人生,所以肉身已朽,而魂灵恒常悠游。

　　因此,当我翻开古典诗词,便不可遏抑地沉醉其中,如阅前生。我知道是你的灵魂透过我的肉身之眼,再一次回到汉唐盛世。如果不是你在我体内咏叹,我该如何解释,从未去过烟雨江南的我何以能够凭一首古诗而坠入江南风情不能自拔。那种奇异的联系,使我几乎相信我对文学的热爱是你的延续,在汉朝时的你的延续,唐朝时的你的延续。是故,我无法向任何人倾诉,孤独的夜里,吟诵唐诗而泫然垂泪。那种感动仿佛身与心回到当时当地当景当情,而那诗是出自我之手。无法与他人分享,在时光轮转的缝隙里,现世的我与前生的你因一首诗、一阕词而交会的神秘感动。

　　因此我相信,文学与艺术的大殿中,历历在目,都是人的前生。唐朝的街市、车马已不可寻,而唐时的华美生命,依然滚滚卷江而来,唤起今日之我的隔世痴恋。多么深的相思病啊!

　　我追忆远古时代的你,并且相信,你也曾在你的时代想象过我,在潇潇夜雨的芭蕉窗下,写下最好的诗,对虚空说留给百千年后的我读。

　　那么,我是否也可以臆想未来的我,今日所写的丽句,当作与百千年后的我交会的信物。

　　雨流转着。生命流转着。我流转着。

(图/鹿川)

航班延误太棒了

□［美］汤姆·齐格勒　译/看门人

我乘飞机前往世界土豆之都爱达荷州的博伊西，做一场演讲。

在回程的时候，我经历了一次意外的事情：我飞往达拉斯的航班延误5个小时！

此时，我立即想起了父亲在航班被取消时说过的话："太棒了！"

登机口那位困惑的值班员（以及她身边的人们）都不知道他为什么会有这种反应。

所以她和那些排队的人们都认为父亲已经崩溃。她不敢确定这位励志大师是否理解，于是又加了一句："那班飞机不能保证马上起飞，有可能会延误更久。"

父亲再次说："太棒了！"

此时，值班员已经是受不了了，于是她说："你没听到我说的话吗？你不明白我对你说的话吗？"

父亲很有尊严很有礼貌地回答："你说的每一个字我都听到了。航班延误了，下个航班最早要在7个小时之后，而且还有可能会继续延误。"

这时，她打断父亲的话说："为什么你对此感到这么高兴？"

父亲回答："我对此并不感到高兴，夫人，但我能够想象得出航班延误是因为这两个原因之一：飞机有问题了，或者天气有问题了。无论哪种情况，我都情愿待在下面而不是在天上。再说，你们有一个漂亮的机场，而我随身带着我的文案。你们附近有电话，还有一家豪华餐厅。

我得横跨东西去参加一个研讨会，但那可以推迟，我没有问题。谢谢你！"

如果你们航班延误了，一次生意失败了，被一位愤怒的顾客大骂，或者遇到交通堵塞，有多少人会这样回应呢？不管发生什么事情，总是保持良好的心态，你能做到吗？

回想了父亲的积极态度之后，我打算采取他那种心态。我取出电脑，开始准备一个新的演讲稿。

（图/张翀）

最简单的快乐

□张佳玮

苏轼好像总遇见跟睡觉有关的事。

在南海时，宿于海中，天水相接，星河满天。儿子苏过酣睡，呼不应，苏轼自己坐起叹息。

传奇的承天寺夜游，本来解衣要睡了，看月色好，就跑去找张怀民——还是不肯睡。

如今论睡觉，多讨论如何入眠、如何提高睡眠质量、如何在短暂的睡眠时间里获得更多的深度睡眠休息，云云。也不奇怪：现代人乐趣诱惑太多，随时都有乐子找，相比而言，睡眠不免无趣，自然得想法子削减。

然而睡眠是可以有趣的——虽然睡觉时本身感受不到。《集结号》里，张涵予被关禁闭，透透地睡了一天，起身后懒洋洋地、欣慰地、由衷地来了句重低音："可算是歇过来了。"睡透过的人，见此自然会心。那是经历了一个漫长、结实、沉厚、不打褶皱、仿佛棉被抖开铺平了的睡眠，才能有的感受。全身散碎的疲惫都被熨平了。

时节也很要紧。设若天明了，听见鸟儿鸣啭或是雨打窗，想到这是周末，更好了，翻个身，继续睡。这大概是睡觉最大的乐趣所在。这种时段，俗称赖床。赖床快乐至极，尤其冬日，累久了，身体透凉，睡足了懒觉，全身透暖滚热。

以前在上海，冬天时我常熬夜。最满足的瞬间是，天将四五点，完工，不着急睡。于是坐着，带着松软的倦意看会儿闲书，慢悠悠等，到五点半，穿厚实了出门，摸黑买第一屉大包子，买烫手的豆浆，买煎饼、鸡蛋饼……消消停停吃完，天开始放亮，车水马龙逐渐响起来。回家，在饱、暖和"暂时完工了，闲散无事"的快感中躺下，等到晨光慢慢起来、外面开始生机勃勃喧嚷起来的时段，像刚出屉的白馒头那么松软、温暖、活泛的睡意来了，那就睡着了。

只要还睡得着，世上就没有什么大不了的事——当然了，现实主义者会说，睡前有的烦恼，醒过来还是会有。但懂得睡觉快乐的人大概明白，好好睡过一觉后，你对烦恼的看法，会大大不同。一切都会过去，但只要人还活着，睡就是永恒的，也是最简单的快乐之源。

还是苏轼。他曾看着山间一个亭子，想去歇息，爬累了，尚未到，懊恼，忽然想："就此时此地，有啥不好歇呢？"于是忽然觉得得了自由。他中年时期在京城，有个习惯：早起，梳头，着好衣冠，再和衣小睡一刻。他说这种小睡滋味之美，无可比拟——苏轼善得世上一切乐趣，睡觉中亦然，也就是这种劲头："这里有什么不好睡的呢？哪怕是一个小睡，只要放松了，也很开心啊！"

(图/张翀)

树还记得

□ Ent

如果有一天你拜访了曼哈顿的第五大道，可以注意一下路边的行道树。

你也许会发现一棵非常不友好的树——它的树干上缠绕着巨大而尖锐的棘刺。这些刺有的能长到比人的手掌还长，刚出生时还是柔软而嫩绿，但很快就会变得坚硬无比。

倘若你走累了想倚靠树干歇息一下，必定会被扎得头破血流。

它叫美国皂荚（Gleditsia triacanthos）。它的拉丁文意思是"三刺"，想必命名人也对它印象深刻。

可是这些刺毫无用途。它们虽然巨大尖锐，可是太长也太稀疏了。常见的食草动物——比如鹿——几乎不会被这些刺困扰，它们灵巧的嘴不需太多工夫就能绕过尖刺啃到树皮，就像蚂蚁从篱笆的缝隙间穿过。

这没有道理。皂荚不应该做这样毫无意义的事情，它们不可能费心费力建筑一道无用的篱笆，在蚂蚁的世界里对抗巨人——除非，有巨人曾在此驻足，生态学家盖伊·罗宾逊说。

远在有第五大道之前，远在任何大道之前，远在人类还没有抵达美洲之前，在曼哈顿，在整个北美，曾经生活着一种巨兽。它叫乳齿象。

它和今天的大象差不多大。它很可能是一种喜欢吃树皮的动物。

它随着一万三千年前人类的到来而灭绝了。

没有关系，树还记得。

乳齿象在这里生活了几百万年，美国皂荚也在这里生活了几百万年。

它们是老邻居，哪怕是充满敌意的邻居。在今天的非洲，金合欢树为了抵御非洲象而演化出了长而锐利的刺。完全可以想象，百万年前美洲的皂荚树也做出了一样的尝试。

哪怕乳齿象已经一万三千年不曾拜访，基因也不会那么快被遗忘；它和它的刺还将留存许久。

谁知道呢？也许再过一万三千年，第五大道就会深埋在尘埃之中，布朗克斯动物园里大象的后代又将在美洲漫游，重访每一个遥远亲戚曾踏足的故地；树也将想起久远的恩怨，它的棘刺又将重新派上用场。

但是故事还没有完。树也记住了人。

（图/小栗子）

对你成长的邀请

□苏 芩

任何发生在你身边的事情，都是对你成长的邀请。

我的一个朋友，发了一条微博说："其实，这个世界从来不曾为你改变。"

是的。世界很大，人来人往，又有多少人能看见你？

你的彷徨，你的失落，你的孤独，其实都源于你的内心。

哲学家尼采说，在生活的价值体系里，财富和权势都是末，心灵的舒展才是本。你只有建立一个稳妥的、有内在支撑的系统，才能对抗这个世界的无序与纷乱。而在这价值体系里，目标之于你，激情之于生活，都有非凡的意义。

25岁时，我离开了一家世界500强的外企，成为一家媒体的主编。我主动跟老板申请开拓大型活动这块的媒体业务，还记得第一次去向投资人讲解活动策划的场面。面对满满一屋子的人，我紧张到声音发抖，那时候不会想到，三年后，我会站在清华EMBA（高级管理人员，工商管理硕士）班的讲台上，为各商业领域的学员们讲国学课程。

30岁之前的我，已然过得十分精彩。

我经常会被问道："凭什么你可以有这样的成绩？"

每次我都坦然作答："因为我活得够世俗。"

我的成长比别人更艰险，我经历了比别人更刺骨的尴尬，所以今天，我才有底气告诉你，哪些弯路，可以绕开。

30岁前，我曾经告诉自己：情调、品位，这些灵魂的工程，我留待40岁后去慢慢享用。

在此之前，我会用世俗的规则。

我深切地明白，如果没有足够的力量去赢得生活，那一切优雅的享用，都会转瞬即逝。

美是一种力量，我不欣赏任何软绵绵的优雅，因为我知道，我能驾驭的，才是我真正拥有的。

我们都需修炼，在尘世的烟火中，修炼出一颗通透的心。我一直梦想成为这样一种人：可以很世俗，却又似在世俗之外。

希望你也可以，如愿活成自己梦想的样子。虽然在此之前，我们要像个俗人一样，活得足够努力。

（图/张翀）

平和

□马 德

人活得平和,才能活出生命真正的滋味来。

平和的人,放得下,看得开,想得明白,过得洒脱。一个人,若思想通透了,行事就会通达,内心就会通泰。世俗的名与利,他们不是不要了,而是无论得到得不到,都不再计较了。

有欲而不执着于欲,有求而不拘泥于求。一个人,活得越平和,就会放下得越多。人平和之后,在生命外在状态上的具体体现是,笃定,泰然,从容,万事不扰。内在的层面上,在生活中疲惫的精神开始一点儿一点儿收合,在世俗中挣扎的灵魂开始一点儿一点儿归拢,并慢慢地,悦纳一处,把盏言欢。

也就是说,只有平和下来,生命才真正找到了回家的路。而一段静美幸福的光阴,不过,就是被一颗平和的心所滋养的平淡日子。

我不相信,在欲望的泥淖中挣扎的人会平和下来。贪婪,撕咬着他们,折磨着他们。潮欲平,而暗流涌动,树欲静,而惑风不止。明争,暗夺,阴谋,阳谋,哭一阵,笑一阵,这样的人是没法平和下来的。所以,平和,首先是内心的平静。

也就是在这平静中,平和的人,从浮躁走向宁谧。其实,整个世界变得宁谧了,也不过是无数颗躁动的心平静下来。

人,平和下来是美的。蹙眉舒展了,苦脸开花了,腰身挺直了,神色朗润了,气质和悦了。人的美若是从内里渗透出来,就会强大,就会恒久地散发出迷人的魅力。一个真正能平和下来的人,外部的物质世界已经诱惑不了他,挑唆不了他,左右不了他。再急迫的事,也会举重若轻地处理好;再撩人的事,也会云淡风轻地放过去;再痛苦的事,也能轻拢慢捻地跳脱出来。

平和,实际上是让一个人的内心,从狭小走向辽阔,从狂乱走向沉静,从复杂走向简单。能容,能忍,能让,能原谅,平心静气,无欲无求,多美的生命意境啊!

一个人,活得幸福,才是王道。幸福之外的任何东西,譬如金钱,譬如权势,都是人生的附属品,风一吹就碎了,云一来就乱了,轻轻一说都倦了,回眸一望全散了。其实,人生的幸福也不全是得到,不全是拥有。我觉得,在平和者的心底,有一种东西,尽管淡淡的,却更容易让人产生绵延的幸福感和快乐感。那就是,他们心底的那份踏实和安详。

其实,心里踏实和安详,又是多少人,一辈子难以抵达的人生至境。

(图/木木)

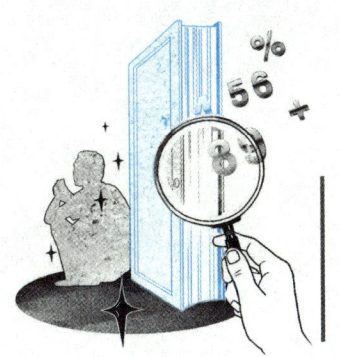

伤心者

□小岩井

科幻作家何夕有一部特别的短篇小说叫作《伤心者》，在中国的科幻小说界地位独特。

它对我的触动之大，每每想起，我都会非常难过。

小说很奇怪，全文的大部分内容完全看不出科幻元素，就是在讲一个数学天才在家人、恋人与研究之间的烦恼和挣扎。

小说的主角是个数学天才，来自一个贫困的单亲家庭，有一个深爱他的女友和看重他的导师。

本来他可以有个似锦的前程，但是因为无意间发现了一种数学理论，一发而不可收，深深陷入其中。所有人都不理解他，觉得他是魔怔了。

因为坚持自己的研究，他失去了最爱的女友，在一次次现实的打击下，终于成了一个疯子，唯有始终信任他的母亲，虽然不懂他研究的是什么，却坚信儿子做着了不起的事。

故事的最后才出现了一点儿科幻元素，未来的人类有了很大的科技突破，而这个突破的关键点，就是来自主角百年前孤独的研究，可是这个时候，他已经在屈辱和悲戚中死去良久。

第一次看完这个故事，一种从心底升起的伤心久久不去。

我不知道我伤心的到底是什么，是爱情的脆弱，亲情的可贵，人生的无常，天才的悲剧，还是别的什么。

直到昨天我偶然重温了电影《风声》，在结尾，周迅的旁白说：

"身在炼狱，我不害怕死，怕只怕爱我者，不知我为何而死。"

电光回闪之间，我想到了很多，也想起了《伤心者》这个故事，为什么如此令人动容。

一个人，费尽一生的才智与努力，在明知道前途坎坷，困难重重，依然忠于内心的渴望，追求真理和梦想，不被世人理解也就罢了，却也不被爱自己的人理解，甚至最后，自己都怀疑所有努力的意义与价值。

没有什么，比这更让人伤心的了。

有时候会忍不住问自己，如果小时候的我看到现在的自己，会喜欢吗？

也许每个成年人的心里，都藏着一个年少的伤心者。

（图/豆薇）

你特殊在哪里

□万维钢

用基础比率预测，用过去的经验判断未来，是一个特别靠谱的决策方法。

希斯兄弟在《决断》中讲了一个真实的案例，特别能说明问题。

1998年，美国有个年轻人叫布莱恩，得了一种罕见的血液病，叫"骨质增生异常综合征"。

他的骨髓的造血功能出了严重的问题，血液中血小板的数量非常少。如果布莱恩不采取治疗措施，他还有五六年的存活时间，并且能在这段时间内正常生活。但是五六年时间一到，病情会迅速恶化，导致不治身亡。

布莱恩还有另外一个选项，就是做骨髓移植。

如果手术成功，可以让身体建立起一套全新的免疫系统。但骨髓移植是一个非常危险的手术。

首先，你需要找到一位匹配的骨髓捐献者，但即便如此也不能保证骨髓移植之后身体不会出现排异反应。如果出现任何感染，哪怕是普通的感冒，都会带来生命危险。

所以，摆在布莱恩面前的选项有两个。或者是过五六年平静的生活，然后死亡，或者是进行一场风险极高的手术——成功了，会恢复健康；失败了，一年之内就会死亡。

布莱恩首先考虑的就是手术的成功率。一般骨髓移植手术的成功率，也就是我们刚才说的"基础比率"，并不高。但布莱恩并没有简单接受基础比率。他反复追问医生，手术到底会出现什么样的并发症？每种并发症的危险到底有多大，是5%还是50%？他发现医生其实也不是很清楚，他自己不得不深入研究。

手术成功率的基础比率，是所有医院，对所有患者做手术的总的统计结果。

那么相对于基础比率，布莱恩可以有两个优势。

第一，大多数做骨髓移植手术的病人都是60岁以上的老人，而布莱恩只有28岁。

第二，骨髓移植手术在世界各地的医院进行，有些医院每年做300例，很擅长这个手术，而有些医院并不擅长做这个手术。如果布莱恩去全美国最擅长骨髓移植手术的医院做这个手术，显然能提高成功率。

最后布莱恩判断应该做手术。在好不容易找到匹配的骨髓后，他进行了手术，并且非常成功。

布莱恩直到今天还活着，还成了一名大学教授。这就是一次非常成功的决策。

(图/豆薇)

他还没有忏悔

□流 沙

多年未曾联系的大学同学，一日突然路过我的小城，跑来见我。

同学来自大都市，那里有直通云霄的摩天大楼，有鲜亮明艳的佳人和轿车，有精致的咖啡厅音乐吧，时尚的风吹啊吹啊，吹开一城的芳华，更兼有若干的景点，每一处都是游人接踵，让人神往不已。

小城却是一片狭小的天空。所以得知同学要来，我手忙脚乱，一顿准备，我甚至把家里的窗帘换了，碗盏换了，以便配得上大都市的优雅。

同学是在晚间到的，我精心准备了晚饭，她却提出要逛小街、吃小吃。我百般推托，我说那街实在没逛头，不及你们大城市的百分之一，那小吃也没什么特色，无非是些下岗工人，摆个小摊，下下馄饨、面条什么的。同学却兴趣盎然。无奈，只得陪她走一遭。

每一处我走熟的地方，在同学眼里，竟都入得景来。她拿起胸前的数码相机，不住地咔嚓着。

我在一旁笑她，是不是大鱼大肉吃多了，看到乡村的野菜，也觉得新鲜了？同学含笑不语，一圈逛下来，竟是满足得很，然后，馄饨摊上要上一碗馄饨，吸溜吸溜地，她吃得精光。

回家，把她拍的照片输入我的电脑中，当一幅幅画面在我面前展开时，我突然惊诧地发现，这个我生活了好多年的城市，我对它，竟是陌生的：

静静闪烁的霓虹灯下，一对情侣在散步，仿佛听见他们轻喃着的幸福和甜蜜，整个画面美若轻岚；露天广场，裸露的台阶上，泊满月光，背景，是一幢一幢的住宅楼，每一个窗口，都亮着温暖的灯光，淡定从容……

我叹，呵，真没想到。

同学就笑了，说，这就叫熟悉的地方没有风景。其实不是没有啊，而是我们的眼睛麻木了。

只一句，就如醍醐灌顶。

我想起一位诗人写的一首诗来：

"你站在桥上看风景，看风景的人在楼上看你；明月装饰了你的窗子，你装饰了别人的梦。"

别处的风景总是对我们造成无限的诱惑，我们像追风的猫似的，追着跑，因得不到而沮丧感叹，却永远不知道，在别人眼里，我们也是他们追寻的风景。

这就如同爱情，如同幸福，我们追寻很久，回头才发现，它原来一直在这里，就在那看似平淡的一颦一蹙之中。

有时，最好的风景，在身边，抑或就是我们自己。

（图/张翀）

傅雷读书法

□王文元

雪夜围炉读书，是一种诗意生活。

不过，读书不一定雪夜，也未必在雪夜。雪天也可。

下雪天，书城闲逛最是惬意。天冷，服务员躲到了一边，看不到他们刀子般的目光，就可以肆无忌惮地翻阅，喜欢的，感兴趣的，看一看，有启发的，偷偷用手机拍下。没有喜欢的放到一边。

翻得兴起。"啪！"门帘掀开，冷风直灌，一年轻人，直冲服务员问，有没有，王羲之诗词的书？

服务员一愣。弱弱地说，王羲之诗词的书似乎没有。接着又补充，王羲之书法的不少！那人一愣，忙说，就书法的了。这下，服务员算是明白了，东一本西一本，片刻，那人便抱了一堆"王羲之"结账出门了。

谁知，来得快，去得也快。"啪！"门帘又开，那人又回来了，"这么多书读不了啊！"再帮我找找。

果然，找到一本《王羲之书法：集字诗词》。"就是这本！"那人开心地大叫。知识泛滥的年代，不患无书，而患书太多。匆忙，选了一堆字帖，其实要的只有一本？

面对书山，究竟该怎么读书？

《傅雷家书》中，有一段说如何读书，读来很有启发。

傅雷说："阅读不宜老拣轻松的东西当作消遣，应当每年选定一两部名著用功细读。

比如丹纳的《艺术哲学》之类的，若能彻底消化，做人方面、气度方面，都有进步，不仅仅是增加知识而已。"

这就是傅雷读书法。

阅读大体有两种方式：浏览与精读。傅雷读书法讲的就是精读。不过，精读的前提是有目标。

一个人的读书时光中，精读的书，也就三四本，不离身，读一遍，有一遍的收获。

有人专攻《道德经》，有人读《易经》。宋代赵普精读的书，只是半部《论语》，由此留下"半部《论语》治天下"的故事。吃透，读透一本经典，然后才能触类旁通。

浏览，可以是休闲翻书，也可为拓展视野而读。

以前，图书馆是开放的，读者可以进去，自己挑选书，拿来读。这拓展了不少人的视野。现在不行了，不能进书库，一次最多5本。远远没有在书店乱翻书方便。

雪天，去书店，乱翻书，真是好享受！

（图/吴敏）

生活的减法

□周国平

这次旅行，乘的法航，可以托运六十公斤行李。谁知到了圣地亚哥，改乘智利国内航班，只准托运二十公斤了。于是，只好把带出的两只箱子精简掉一只，所剩的物品就很少了。到住处后，把这些物品摆开，几乎看不见，好像住在一间空屋子里。可是，这么多天下来，我并没有感到缺少了什么。回想在北京的家里，比这大得多的屋子总是满满的，每一样东西好像都是必需的，但我现在竟想不起那些必需的东西是什么了。于是我想，许多好像必需的东西其实是可有可无的。

在北京的时候，我天天都很忙碌，手头总有做不完的事。直到这次出发的前夕，我仍然分秒必争地做着我认为十分紧迫的事中的一件。可是，一旦踏上旅途，再紧迫的事也只好搁下了。现在，我已经把所有似乎必须限期完成的事搁下好些天了，但并没有发现造成了什么后果。于是我想，许多好像必须做的事其实是可做可不做的。

许多东西，我们之所以觉得必需，只是因为我们已经拥有它们。当我们清理自己的居室时，我们会觉得每一样东西都有用处，都舍不得扔掉。可是，倘若我们必须搬到一间小屋去住，只允许保留很少的东西，我们就会判断出什么东西是自己真正需要的了。那么，我们即使有一座大房子，又何妨用只有一间小屋的标准来限定必需的物品，从而为美化居室留出更多的自由空间？

许多事情，我们之所以认为必须做，只是因为我们已经把它们列入了日程。如果让我们凭空从其中删除某一些，我们会难做取舍。可是，倘若我们知道自己已经来日不多，只能做成一件事情，我们就会判断出什么事情是自己真正想做的了。那么，我们即使还能活很久，又何妨用来日不多的标准来限定必做的事情，从而为享受生活留出更多的自由时间？

（图/蛔菓猫）

微不足道的开始

□在行一点一个

你有没有想过,你被流行的"1万小时定律"耽误了?要想成为一个领域的专家,需要1万小时练习。

这是没错,但你真的有必要成为专家吗?很多时候你根本不需要登上珠穆朗玛峰,只要爬爬北京香山,就能看到懒虫们看不到的美丽风景。

美国投资博客CodingVC讲过一个"100小时定律":要超越80%的纯门外汉,你可能都用不了100小时,有时候甚至10小时都用不了。

比如理财投资,可能你花1万小时,也成不了巴菲特,但花不到10小时,学学记账、指数基金定投,就足够超越无数"月光族"。

比如阅读,可能你花1万小时,也成不了过目不忘的学神,但花不到10小时,学学如何筛掉不值一读的"水书",做笔记画脑图,就足够超越无数"买书如山倒,读书如抽丝"的低效学习者。

再比如绘画,可能你花1万小时,也成不了达·芬奇,但花不到10小时,学会画简单的小人、艺术字,已经足够超越那些画盲,在朋友圈集赞无数。

从1万小时到10小时,听起来已经很容易,但为什么上面说到的这些领域,你可能现在都没入门,还属于被超越的80%呢?因为你定的起点,还不够小,还不够容易。如果你宅得太久,爬香山可能对你而言都太远、太累,第一个起点应该是尝试周末下楼转转。

这不是玩笑,美国作家斯蒂芬·盖斯在畅销书《微习惯》里,介绍了自己的好习惯养成起点:1天做1个俯卧撑,1天读1页书,1天写50字。

两年后,他拥有了梦想中的体格,写的文章是过去的4倍,读的书是过去的10倍。

我们太容易高估自己的行动力,如果目标定得不够低,为了避免失败,我们很可能就不出发了……

这时候小起点的魔力就体现出来了,小到几乎不可能失败,不会有任何负担,快速完成、快速获得成就,继续毫无负担开始下一步。

就像加缪说的:"一切伟大的行动和思想,都有一个微不足道的开始。"在超越80%的人之前,你可能先要超越自己,不如先从20分钟就能完成的小起点开始,先动起来最重要。

(图/兜子)

菠萝心的滋味

□蔡志忠

集英社的小小漫画家们每天加班,往往画到半夜,有时会到巷口吃夜宵。

在乡下时没吃过水饺、锅贴儿、包子、阳春面等外省食物。

有一天深夜,跟大家一起到巷口路边摊吃夜宵,人生第一次吃麻酱面。

当时我赞叹说:"世上怎么有这么好吃的面?"

直到今天,还是觉得麻酱面是天下美味,一碗清粥、一盘豆腐乳就是上等美食,并没有因为有名有钱而改变了自己的口味。

由于我热衷于画漫画,并不太想家。来台北之前,在家里经常整个菠萝吃个痛快,经过工专附近水果摊,摆满了切好的菠萝,突然很想念故乡。

一个菠萝切成四片,一片五毛钱,菠萝心一毛钱,我舍不得花五毛钱,拿出一毛给小贩:"老板,买一根菠萝心。"

边走边嚼着菠萝心,满嘴都是故乡的滋味。

匆匆过了一个月,马上到了第一次领薪水的日子,大概许老板看我画得又快又认真,原本讲好一个月300元,又加薪一倍,第一次领到600元。

人生第一次领薪水,立刻到邮局汇450元给父亲。

寄回家75%薪水,纯粹为了内心那股骄傲,证明自己的确能靠画漫画赚钱。我还附一封信给父亲,简单报告生活状况,最后加了这段话:

"爸爸,你是全乡书法第一,但我不仅要成为全花坛乡最好、全彰化最好、全中国最好的漫画家,有一天我要成为亚洲最好的漫画家。"

只因第一次出版漫画,第一次领薪水兴奋过度,才写下这段年少轻狂的话。

直到22年后,我拍的《七彩卡通老夫子》票房拿到台湾第一,连续获得"金马奖最佳动画片"和"十大杰出青年"奖。

父亲送我一张他特地为我写的书法"名震亚洲",我才猛然发现:原来父亲一直牢记这封少年轻狂时代所写的信。

我相信只要持之以恒,死命地做一件事,一步步向前,总有一天能达成梦想。

(图/曹黑黑)

请勿离开

□刘继荣

婆婆周末一早就打电话过来："今天过节，我做了鱼，等你过来吃。"

我家和婆婆家离得不远，两站地就到了。大好的周末，三世同堂，说笑吃喝，惬意得不行。告别时，公婆非要留我们住一晚。我借口未带洗漱用具，执意要走。二老当即捧出置办好的用品。

住在公婆家，孩子有人接，茶饭有人管，连水果都有人洗净削好。婆婆天明即起，未几厨房刀板声嗒嗒如战鼓，公公的收音机也响亮地播送起早间新闻。紧接着，叩门声起，二老欢快地招呼大家出去吃早饭。

我俩困得直打呵欠，抗议说要续梦，婆婆却要求先吃饭。她说："穿戴齐整，打开电视，哪怕是歪在沙发上再睡一觉呢，邻居来了，也看到这是个兴旺之家。"婆婆说得分毫不差，我们刚刚吃完早餐，就有邻居拜访。过了段时间，婆婆生病需要人照顾，恰逢我们休假，便把公婆接了过来。我与老公亲自下厨，婆婆吃得眉开眼笑，公公也轻松了不少，一家人其乐融融，二老乐不思蜀，我们也尽情享受家庭温馨。

但天下事总难遂人愿。那天，老公同事来取一份资料，公公热情地与来客聊了几句，还拿出自己所作的书画请人欣赏，小伙子礼貌性地夸了几幅字。公公当了真，立刻就要去外面加镜框装裱出来送他。客人大惊失色，几乎要跪下来推辞这份礼物。

此事闹得公公郁郁不乐，连血压都上升了，怪人家叶公好龙，并非佳友。老公啼笑皆非，说日后这种尴尬还会发生，反正妈妈早已痊愈，不如请他们住回自己家去。我嗔怪他："没必要为了不相干的外人撵自己的亲人。"老公只得作罢。说嘴打嘴，风水轮流转，终于轮到我。冬至那天，我的闺蜜被父母逼着相亲，心里憋闷又不好发作，打车逃来我家，一头撞上笑眯眯的婆婆。婆婆见人家小姑娘水灵，便问婚问嫁，欲做一回红娘。闺蜜真可谓跳出火坑又入水坑。我几番打岔想扭转话题，无奈婆婆心意已决，几头大象也拽不回来。最后还是老公聪明，躲在房间扮演女孩上司，拨电话催她回去加班，才渡过此劫。我与老公想了又想，决定把真相告诉二老，请他们不要自作主张，将自己认为的好意强加于人。老人家面色黯然，提出要回去，我们虽有不舍，但依然同意了。并不是所有的鱼，都生活在同一片海里。我们如此渴望亲近，也那么需要温暖，但事实是，即便是一群彼此关爱的人，也无法长久地生活在一起。弄明白这个道理，我们都成长了许多。

又是周末，手机响起来，婆婆的声音愉快地响起："来吃饭吧，我想你了。"天是青灰色的，云低垂，似有雪意。有个人准备了二三小菜，温了一壶米酒，在一座温暖的房子里，说想我。而我，叫她妈妈。

（图/吴敏）

蚂蚁与金合欢树

□思 齐

东非的大草原是野生动物们的天堂，同时也是许多植物的地狱，尽管后者已经铆足了劲生长，但由于长期遭受众多动物的践踏与啃噬，它们的生存状态永远都是低矮稀疏或东倒西歪。然而，那些引人注目的金合欢树却是个例外，它们枝繁叶茂，骄傲地伫立在空旷的大草原上。

金合欢树树枝上还长有很多银色的空心刺。这些刺儿不仅可以防御一部分动物的侵害，还是一群褐色小蚂蚁遮风挡雨的"家园"。

这些小蚂蚁就是含羞草工蚁，小小的它们正是金合欢树赖以生存的法宝。只要有外敌来入侵金合欢树，它们就会不顾一切地予以还击，绝不心慈手软。就拿金合欢树的天敌天牛来说，这帮坏家伙最喜爱在金合欢树上钻孔，不过，小蚂蚁们是不会袖手旁观的，它们不动声色地玩起了"釜底抽薪"的战术，毫不留情地将天牛的幼虫吞噬殆尽，让天牛们再也不敢冒犯金合欢树了。

每当大象或长颈鹿来啃食时，小蚂蚁们也毫不畏惧，它们群起而攻之，拼命地用尾部的毒针猛蜇它们，一边蜇一边不停地注入毒素，让大象或长颈鹿灼痛难忍，最终落荒而逃。小蚂蚁们为金合欢树所做的一切，金合欢树都默默地看在眼里并记在心上。它不仅为它们提供安身之所，知恩图报的树叶还悄悄分泌出甜甜的蜜汁供小蚂蚁们尽情享用。

蚂蚁保护金合欢树免受动物们的啃食，让其安然无恙地正常生存，而金合欢树则保证蚂蚁们"衣食无忧""安居乐业"，这种和谐的共生关系确保了蚂蚁和金合欢树都能在残酷的大自然中得以生存。

人类更当如此，与其一个人孤军奋战，不如两个人相得益彰，因为懂得合作不仅能互利互惠，还能让你看到更加广阔的天空。

（图/兜子）

什么是"优雅"的狼性

□李筱懿

"优雅"是很多女生的行为标准,也包括我,只是,生活层次多样,单一的"优雅"应对不了全世界。

1

刚到报社工作时,我领导非常瞧不上我,他不止一次抱怨:来了一个花瓶。

他向我交代工作,我拿着本儿认真地记,没有一点儿狼性根本做不了销售,销售是用数字说话。他接着说:"你试试,这个月签一个不小于30万投放额的客户。"

不赘述经历了多少周折,我真签下了一份超过30万的合同。他说:"那时我也很斯文,工作之后才发现斯文应对不了全世界。"

2

一百年前有个很出名的"七小姐":近代上海第一豪门盛宣怀排行第七的女儿盛爱颐。盛爱颐的身份尤其不同,她是盛府当家人庄德华夫人的亲生女儿,庄夫人出生于常州大户,精明过人,善于理财治家,她的账房叫"太记账房",经营的盛家产业从上海、苏州、常州,直到南京、九江、武汉,极为雄厚。盛爱颐是庄夫人的心肝宝贝,当年宋子文向她求婚,庄夫人觉得他虽然长得不错,但家世一般,"父亲是教堂里拉洋琴的",门不当户不对,死活不同意。母亲庄夫人去世后,人口众多的盛家立刻陷入财产大战,其中有一笔三百五十万两银子被五名男性继承人平分,丝毫没有顾及盛爱颐姐妹,她向哥哥们提出十万大洋出国留学也被拒。

1928年6月,盛爱颐把盛家的五房男丁告上法庭,她在诉讼里写:法律上以男女平等为原则,明确未出嫁之女子,有与同胞兄弟同等继承财产之权。盛家的遗产官司轰动一时。如果按照普通打法,这只是平常的家庭财产纠纷,但盛爱颐很聪明地把它提升到男女平等的高度,引起整个社会和新闻媒体的巨大关注,甚至法律界也高度重视。一个月后,法院判决书下来,七小姐胜诉,合理合法分得五十万两银子。她为中国女性的财产继承权开了先河树了榜样。

如果只是一味优雅,亲情和面子都不允许盛爱颐打这场官司,可未来的生计是现实的。如果只是一味泼辣,她也未必能打赢官司,胡搅蛮缠一般都没有明确结果,兄弟们请的律师也很厉害。

但是,她既优雅,也泼辣,抓住关键点,打蛇打七寸,不出恶言,不发恶声,有理有据,据理力争,为自己赢了漂亮的一仗。优雅的狼性,不是野蛮和泼辣,而是有能力表态,有实力碾轧困难,有才华打开新局面。

(图/吴敏)

高处是我的弱项

□[日]村上春树 译/施小炜

从成田机场驱车赶往东京，看到一个眼生的高高的东西，正在想那是什么，原来是晴空塔。

有一阵子没见，竟长高了好大一截。就好像看着熟人的小孩感叹一样："不知不觉长成大人啦。"

其实我对晴空塔没什么兴趣，建好后大概也不会去。为什么呢？因为我原本就不喜欢高的地方。

一言以蔽之，就是有恐高症。

可是我太太最喜欢登高，旅行时只要遇到高楼和断崖，立马就想爬上去。托她的福，我去过世界上各种各样的高处，不开玩笑，每一次我都胆战心惊。

往上爬时倒也罢了，俯瞰下方时两腿发抖，有好几次甚至都下不来了。擦身而过的小孩子大感不解地望着我："这位大叔在做啥呢？"

我真想劈头一声怒吼："这不是没办法吗？谁都有一两个弱项嘛！可又不能冲着小孩子这么做……"

我唯一自告奋勇地攀爬上去的高处，就是墨西哥的金字塔。金字塔这东西，从下往上看显得并不太高。我便掉以轻心，嗖嗖嗖地往上蹿，一直爬到顶。然而从顶上往下一看，那光景实在是太可怕了。往上爬时觉得徐缓的坡度，望下去简直就像悬崖一般陡峭。

我腿脚战栗，冷汗直冒。但好歹像状态不佳的蜘蛛侠，紧搂着岩石，磨磨蹭蹭总算下到了地面。

小时候家里养的小猫咪，神气活现地爬到院子里高高的松树上，这倒没问题，可一看下面便四肢僵硬，下不来了。

我完全理解它的心情。

它喵喵地叫了一整晚，可我也没办法拯救它。

早晨起床后，心想情况不知怎样了，过去一瞧，已经连叫声也听不到了。从此以后再也没见过它的身影。

那只小猫咪到底去了何处？至今我仍不时感到奇怪。总不至于就那样饿死在松树梢上，它身上究竟发生了什么事呢？

也许那只小猫咪羞于将狼狈相暴露在家人面前，因而下定决心："好，不克服恐高症，就再也不回家啦！"于是独自游遍天下，修炼武功去了。

说不定它还打算踏遍世界的高处，将自己重新磨炼一番。

总之由于某种原因至今未归。这么一想，就觉得小猫咪可怜，很想告诉它："没关系，谁都有一两个弱项嘛！"呃，可这是很久以前的事了，对方又是只小猫咪。

（图/小栗子）

凭借"如果"之力

□ [日] 小山薰堂 译/杨珍珍

思考事物是不需要教科书的，生成新构思的练习在任何时间、任何地点都可以进行。

比如，乘电梯时只呆呆站在轿厢里未免太可惜，完全可以将其作为重置自己的机会，加以活用。方法很简单，尝试拟人化地想象"假如我是电梯"。

电梯的"理所当然"是一生只能上下移动，一生只能运送乘客或货物。所以，试着想象电梯"偶尔也想横着移动"的心情，又或者想象电梯也会在上下班高峰期或午餐时间发发牢骚："喂喂，超重啦！不要一下子上来这么多人嘛。"

如此移情人物，尝试从不同视角出发，思考诸事诸物。这种做法听来似乎有胡思乱想之嫌，但的确是很有效的想象练习。

用餐时也可以假想"如果我是斑节对虾"。

斑节对虾被摆在盘里端到眼前，想象自己就是对虾，在头脑中编织出对虾迄今为止的生涯。某天，你正在海里心情愉悦地游来游去，结果被人类用渔网捞走。大海是如此宽广，"为什么偏偏是我，我的运气怎么这么差"，为此愤怒不已。因为要活着被送往厨房，所以你被迅速投入木箱。一瞬间，身上不再是海水，而是锯末，因为浮尘飞扬，所以你忍不住咳出声来。这还算好，刚从木箱中被拿出来，你就被粗暴地抓住头部，还没有来得及喊疼，便被利落地剥去甲壳。咔嚓！啊，真是可怜。

如果是炸对虾，你很快就会全身裹满面糊，而悲剧到此并未结束，瞬息之间，你被投入滚烫的热油中，简直痛苦至极……

我们平常吃炸对虾时是不会这么想的，然而，偶尔化身对虾，考虑它的心情，可以很好地练习编织故事的能力。

实际上化身"他物"，从其角度进行思考是非常困难的。如果内心深处被自己的"理所当然"频频干扰，那思绪的野马很难尽情飞奔。所以每周一次，利用身边的物体来场"胡思乱想"如何？

（图/木木）

生活中美好的鱼

□林晚啼

在金门的古董店里,我买到了一个精美的大铜环和一些朴素的陶制的坠子。

这是我从未见过的东西,使我感到疑惑。

古董店的老板告诉我,那是从前渔民网鱼的用具,陶制的坠子一粒一粒绑在渔网底部,以便下网的时候,渔网可以迅速垂入海中。

大铜环则是网眼,就像衣服的领子一样,只要抓住铜环提起来,整个渔网就提起来了,一条鱼也跑不掉。

夜里我住在梧江招待所,听见庭院里饱满的松果落下来的声音,就走到院子里去捡松果。

秋天的金门,夜凉如水,空气清凉有薄荷的味道,星星月亮一如水晶,我突然想起韦应物的一首诗《秋夜寄邱员外》。

怀君属秋夜,散步咏凉天。
空山松子落,幽人应未眠。

想到诗人在秋天的夜晚,散步于薄荷一样凉的院子里,听见空山里松子落下的声音,想到那幽静的人应该与我一样在夜色中散步,还没有睡着吧!忽然感觉韦应物的这首诗不是寄给邱员外,而是飞过千里、穿越时间,寄来给我的吧!

回到房中,我把拾来的松果放在那铜环与陶坠旁边,觉得诗人的心与我的心十分接近。

诗人、文学家、艺术家,乃至一切美的创造者,正是心里有铜环和陶坠的人。在茫茫的生命大海中,心灵的鱼在其中游来游去,一般人由于水深海阔看不见美好的鱼,或者由于粗心轻忽,鱼就游走了。

有美好心灵、细腻生活的人,则是把陶坠深深沉入海中,由于铜环在手,波浪的涌动和鱼的游动都能了然于心,垂丝千尺,意在深潭,捕捉到那飘忽不定的思想的鱼,观点的鱼。

作为平凡人的喜乐,就是每天在平淡的生活里找到一些智慧的鱼,时时在凡俗的日子捞起一些美好的鱼。

让那些充满欲望与企图的人,倾其一生去追求伟大与成功吧!

让我们擦亮生命的铜环和生活的陶坠,每天有一点儿甜美、一点儿幸福的感情,就很好了。

夜里散散步,捡拾落下的松果,思念远方的朋友,回想生命的种种美好经验,这平淡无奇的生活,自有一种清明、深刻和远大呀!

(图/麦小片)

我不过是一粒宇宙微尘

□李银河

可能是因为名字的缘故，我从很小的时候开始就爱看星空。

那时北京天文馆刚建成不久，我多次去那里看人工模拟的星空，记得因为一直仰头观看，脖子酸痛，这是对天文馆最初的记忆。

长大之后，星空才成了我心中的禁区，战战兢兢，满怀焦虑。

有了思考能力之后，知道每一颗星星都是一个或大或小的天体以及它们在宇宙中存在的空间和时间之后，生命就成了一个短暂、脆弱、渺小到令人不忍卒睹的东西，不能细想，一想就万分惊恐，进而万念俱灰。把生命比喻为春夏秋冬轮回更替都是太过慷慨了，它更像是朝生暮死的蜉蝣，像太阳一照就消失得无影无踪的朝露。

我吃饭，睡觉，恋爱，行走，可这一切都是为了什么？我开始迷恋克尔凯郭尔，迷恋叔本华，迷恋萨特，迷恋加缪，其他的人的话全都听不进去，只有这些人的话才能听进去，才能看进去，才能不断萦绕在心头，才能猛烈地撼动我的灵魂。

然而，这是一条死胡同。惊恐也罢，绝望也罢，事实就像一块巨石横亘在眼前，不能假装它不在那里，也不能绕开它，我怎么办呢？只能强忍着绝望继续在人生的不归路上踟蹰。

我仿佛能听到一个沉重而执着的钟摆声，在那里一刻不停地嘀嗒作响，我的三万天就这样一秒一秒、一分一分、一小时一小时、一天一天地过去。当我的生命终止之时，这嘀嗒声也就终止了。

整个人类在这个浩瀚的宇宙中也只是一粒微尘，就连整个地球在宇宙中也只是一粒微尘而已。

这不是一个残酷的真相吗？

对于这个残酷真相，我一开始还是战战兢兢的，不敢直视的，后来一次一次地想，持续不断地想，就像手掌上磨起了老茧，皮肤不那么敏感了，我的神经也磨出了老茧，渐渐可以直视这残酷的事实了：我不就是一粒宇宙微尘在一个特定的时间特定的空间存在过一瞬吗？就承认这个事实吧，就直盯盯地看着它吧，不过如此嘛。不要再折磨自己了。

直视之后还唯一想做的事就是享受人生。找点令身心愉悦的事情做一做，掰着手指头数来数去，这样的事只有两件，一件是爱，一件是美。

除此之外，岂有他哉？好吧，就用这三万多天做这两件事吧，哪里还有第三件值得一做的事情呢？

（图/张翀）

90岁的尊严

□郑 宪

半年前,母亲在医院换了个髋关节,这是个大手术。我们知悉,九十多岁的老人手术全麻,风险巨大。母亲进入医院时就对我们说:"你们做任何决定前,必须告诉我。"我们奉命,问她是否开刀,母亲就一个字:"开。"她懂的,不开刀,以后生活质量为零。

母亲术后两个月不到,开始走路,硬撑着站立起来,手扶一辆助步车。先在小小的屋子里走,之后走到外面的楼道。先走一大圈,接着走两大圈。三个月后,走到了四大圈。走路从停顿到连贯,速度从缓慢到标准,脸色慢慢由苍白转红润。

一次午后在楼道散步时,我和母亲走过一间双人病房。见房中两位老人,在门内借助一把有靠背的椅子,你爬上去,我下来;我爬上去,你下来。他们用手奋力趴着门缝,呼叫。要破门而出,门却被外面的一根绳索牢牢绑定。

母亲见了,忙说:"快叫人去啊!"护士飞奔而来。我们才了解到,是护工被两位老人折腾得一宿未睡,中午睡了一会儿,又担心两位老人出门发生意外,干脆用白绳系紧门把,固定住,以求"安保",结果却睡过了点。

门开了,两位老人围着母亲,向"大姐"倾诉委屈。母亲这一刻,俨然成了救世英雄。

春天来了,母亲扶着助步车,可以从三楼楼道走到楼下花园。

那天我和母亲款款闲行,迎面见一个也扶助步车的人,看上去很儒雅,戴一副宽边玳瑁眼镜,母亲对我低语,充满敬意:"那是李教授。"几年前的一次中风让他倒下了,现在他能够站起来,一步步慢节奏地走路,从楼上走到花园。

李教授移步到我们面前,向母亲微笑着说:"大姐,你走得比我好。我要学习。"母亲笑如春花:"你也走得好,比我稳。"

走过去,母亲对我说:"你一定猜不出李教授的年龄。"我是没猜出,李教授一头没掺几丝白发的黑发误导了我。"他也刚过90岁呢,当然,是虚岁——还是小弟弟。"母亲有点倚老卖老。

我记住了这个温馨美好的时刻。

(图/张翀)

不踩失意人，不捧得意人

□乔兆军

北宋时，司马光（1019—1086）身居要职，门庭若市。后来，司马光因坚决反对变法，惹怒了神宗皇帝，被贬了官。此后，"树倒猢狲散"，以前经常走动的旧交唯恐避之不及。

只有好友刘器之，像往日一样，每隔几天，就会带上好酒好菜，去找司马光谈天说地。

多年后，神宗皇帝去世，新法被废，司马光又当上宰相，那些曾经疏远他的人又来巴结，唯独刘器之不去。

世上像刘器之这样的人不多，多的是另外一类人。

当你有权有钱发达的时候，人人都想巴结你，当你落魄潦倒的时候，连亲人都会瞧不起你。苏秦早年游历列国，困窘而归，家人都私下讥笑他。而在他功成名就后，途经家乡洛阳，家人皆匍匐在地，不敢仰视。

苏秦对他的嫂子说："为何前倨后恭呢？"

他的嫂子回答得很现实："因为你现在地位尊贵而且钱财多呀！"

苏秦感慨万千，说："同样的一个人，富贵了，亲戚敬畏；贫贱时，连亲戚都轻视，更不必说一般人了。"

人不得志时，见人都会矮三分。而一旦做了官，有了地位，得了势，八竿子打不着的亲戚都来套近乎，久未谋面的朋友、同学都来攀交情。

拍马溜须的多了，巴结逢迎的多了，很多得势者开始自我膨胀，飘飘然，入戏太深，觉得自己真的能力超强。

越是自我感觉良好的人越容易栽跟头。所以《风俗通义》曰："杀君马者路旁儿也。"意思是马跑得很快，路边的看客不停地称赞，马主就不停地加速，结果把马累死了。人一得意，就容易忘形；人一忘形，就容易出错。

权柄在握，恭维者众，日久生骄，少不了会留些把柄。高调张扬的背后，免不了上级不待见，同事生嫉恨，小人使绊子。有一天，得势者"进去"了，或者"下来"了，那些依附的人、投机的人，或避之不及"作鸟兽散"，或津津乐道看人笑话，或拍手称快弹冠相庆。

势不可用尽，要留有余地。铁打的衙门流水的官，真正能安安稳稳的，是那个位子，而不是位子上的人。正所谓风水轮流转，潮涨有潮落。所以，在得势与失势之间，选择常态最好，对失意人不踩，对得意人不捧，以平和的心态处事待人，才是智慧的、不令人生厌的人生。

（图/罗再武）

春意是爱意

□高明昌

一只麻雀对着一只麻雀叫，叫什么，听的麻雀知道；一只猫跟着一只猫跑，为什么跑，跟着的猫知道。

一只蝴蝶跟着一只羊跑，为什么？我知道，羊要去吃新枝嫩叶的青草，蝴蝶要到草尖上玩耍嬉闹。而真正让我明白现在是什么日子的是人。

我终于发现，春天与不是春天，脸会说明一切，其他不说，这笑意比平常要多，有的偷笑，是给自己的；有的微笑，是给别人的。除此之外就是招呼、问询也多了起来。

这个变化需要留心才能看得见。

这也告诉我们：春意已经在你胸怀生成长大，否则你绵绵的春日情怀哪里来？

其实，我们都是怀着春意的人。

我在育秀路上碰到过一对七老八十的夫妇，刚入夜，他们就出现在街上。男人坐在轮椅里，鹤发童颜，神采焕然；女的一身红衣，面目慈祥。她推着他，他侧脸问她重不重，她低头告诉他一点儿也不重。女孩子走过，向坐着的他摆了摆手，有中年男子向推车的她跷起大拇指，她浅浅一笑。我认识他们，老先生是我过往的同事，他已经十多年坐轮椅了，她自然也推了十多年的轮椅。

我想在路口助力一把，她说她有的是力气。我表示相信。人啊，起情容易守情难，难在一生的坚守。人说情深深雨蒙蒙，我说情深深也可夜茫茫，也可春日天。

去了老家的海边村，看的是天空，老家的天空呀，首先是高，其次是远。天空的南边是大海，海天一色，在老家可以听潮，但现在很难。老家人匆忙的脚步声有板有眼，也从未断过。

西隔壁阿五的妻子走过宅前，轻声问母亲："阿娘，你家要吃蔬菜，要吃咸菜，青菜你自己挑，咸菜你自己摸，我们家什么都有。"

母亲说："我们家有啊。"阿五的妻子说："你们家人多。"

母亲望着远去的那个身影对我说，这样的人少了，可今年特别多，现在特别多。问母亲是啥道理。母亲说，春天到了，人在学老天爷。我第一次听说人要学老天爷。母亲说要学的，学对人好一点儿，不要天天落雨。

我感觉对，天对人好一点儿，天地仁；人对人好点儿，人心顺，它们都很重要。

(图/张翀)

羡慕

□谭幼今

　　林海音在《爸爸的花儿落了》这篇脍炙人口的散文里，叙述了一则触动人心的陈年往事。

　　有一天，外面下着倾盆大雨，她醒得迟，担心迟到要罚站，又不愿意穿不合脚的油鞋和撑着那把大油纸伞到学校去，于是，索性赖在床上。

　　母亲催促她，她却要求母亲允许她不要上学；父亲大发雷霆地喊道："晚了也得去，怎么可以逃学？起！"

　　吃了豹子胆的她，居然有勇气不挪窝儿。爸爸气极了，将她从床上拖起来，从桌上抄起鸡毛掸子，她挨打了。外面的雨声混合着她的哭声，最后她还是冒着大雨上学去了。

　　到了学校，她坐在教室内，静默而又悲伤；就在这时，老师拍了她的肩头一下，她顺着老师的目光望向窗外，忽然看到爸爸瘦瘦高高的身影。

　　啊，爸爸居然追到学校来了，她刚安静下来的心又害怕起来。

　　爸爸点头示意她出去，她站在爸爸面前，爸爸没说什么，只是打开手中的包袱，拿出了她的花夹袄，看着她穿上，又拿出两枚铜板来给她。

　　从那一次起，她就变成了一个每天早晨等待着校工开启校门的学生，再也不曾迟到了。我在班上与学生分享了这篇散文后，请他们发表感想。

　　一名女学生突然站了起来，以蕴含着眼泪的声音说道：

　　"我的父亲，整天只懂得给我零用钱、花不完的零用钱；可是，他从来就不曾过问、不曾关心我的学校生活。我真羡慕作者，她的爸爸会用藤鞭来纠正她的错误，可是，我的爸爸连我做错了什么事都不知道！"

　　我愣住了。

　　衣食无忧的女学生，内心却有着一个比沙漠更荒瘠的世界。

（图/张翀）

成熟是一种明亮而不刺眼的光辉

□余秋雨

　　成熟是一种明亮而不刺眼的光辉,一种圆润而不腻耳的音响,一种不再需要对别人察言观色的从容,一种终于停止向周围申诉求告的大气,一种不理会哄闹的微笑,一种洗刷了偏激的冷漠,一种无须声张的厚实,一种能够看得很圆却又并不陡峭的高度。

　　不要因为害怕被别人误会而等待理解,现在生活各自独立,万象共存。东家的柳树矮一点儿,不必向路人解释本来又长高的可能,西家的槐树高一点儿,也不必向邻居说明自己并没有独占风水的企图。

　　做一件新事,大家立即理解,那就不是新事;出一个高招,大家又立刻理解,那也不是高招。没有争议的行为,肯定不是创造,没有争议的人物,肯定不是创造者。任何真正的创造者都是对原有模式的背离,对社会适应的突破,对民众习惯的挑战。如果眼巴巴地指望众人理解,创造的纯粹性必然会大大降低,平庸正在前面招手。

　　回想一下,我们一生所做的比较像样的大事,连父母也未必能深刻理解。父母缔造了我们却理解不了我们,这便是进化。人生不光要做加法,在人际交往中,经常减肥,排毒,才会轻轻松松地走以后的路,我们周围很多人,实在是被越积越厚的人际关系脂肪层都塞住了,大家都能听到他们既满足又疲惫的喘息声。

　　向往峰巅,向往高度,结果峰巅只是一道刚能立足的狭地。不能横行,只能直走,只享一时俯视之乐,怎可长久驻足安坐?上已无路,下又艰难,我感到从未有过的孤独与惶恐。世间真正温煦的美色,都熨帖着大地,潜伏在深谷。君临万物的高度,到头来构成了自我嘲弄。我已看出了它的饥谑,于是急急地来试探下山的陡坡,人生真是艰难,不上高峰发现不了什么,上了高峰抓住不了什么。看来,注定要不断地上坡下坡。

(图/张翀)

和自己约会

□［韩］南仁淑　译／阿　南

在日常生活当中，我们随时可以通过智能手机或电视遥控器收看上百个频道的视频节目，但真正意义上还真没有能和自己沟通的时间。

既然没有面对自己的机会，也就无从了解到自己感受到了什么，又想要些什么；而甚至连来自自我的理解都难以获得的人，将变得越发厌世。

我至今记得成年以后第一次意识到自己变得幸福起来的那一瞬间。

我像残兵败将那样带着满身疮痍，找到母校图书馆。

冬日的阳光斜斜地照射在一张宽大的书桌上，我把学生时代感兴趣的图画书找来，山一样堆在书桌上，开始一一读了起来。书中美妙的插图和峰回路转、令人感动的故事……

我非常缓慢地读着，同时细细品味。在这一过程中，我和自己进行对话，终于和自己达成了谅解。这个过程本身可能也正是我进行自我治愈的时间，这也可能是我终生难忘的人生转折点。

也许是由于有了这样的经验吧，我总是奉劝身边那些疲于家务的已婚女：千万不要把节假日下午，从照顾家人中抽身，身心俱疲地在倦意中打盹收看电视节目，当成是一种休息，哪怕是一两个小时，你都应该把孩子交给老公照看，自己一个人暂时"离家出走"。

和自己的约会也没什么特别的。你不妨翻翻自己喜欢的书籍，也不妨到环境幽雅的咖啡厅喝上一两个小时下午茶，甚至也可以到安静的美术馆与一幅幅陌生的绘画良久对视。你可以带着一册笔记本，给自己设定这样那样的计划，或者胡乱涂鸦，试着把自己心中的故事记录下来。这种只有一个人独处的时光，会给你带来无法在嘈杂的环境中获得的内在力量。这不是奢侈。

只要对人说起一个人去看了场电影，或者去了趟美术馆看画展，又或者去逛了趟商场，那么听者当中流露出怜悯表情者多得让人意外。但我反而为这些人感到尴尬。

因为他们的人生根本无法靠自己的努力创造出美好的时光和回忆，而只能寄希望于别人的帮助。

我们已经步入成年人的队列，我们要么散发着难忍的恶臭，一个人慢慢腐烂下去，要么带着丰盛的芳香走向成熟。这取决于我们能否与自我进行沟通。

（图／木木）

什么都不需要着急

□陆 地

天气一直不太好,已分不清是冬天还是春天。

早上醒来,天还是黑的,窗外的雨还在下,滴滴答答。

竟然听到喜鹊的歌唱,一声一声,清脆得很。

在这个小区已住了9年了,每个春天的早晨,就是被鹊儿叫醒的。

不知道喜鹊的寿命,但应该是同一只吧,它总是站在同一棵树上,同一种叫声,甚至音律也是一样的。

我知道,春天的时节到了,不管你喜欢不喜欢,它已经来了。

野外蓬松的泥土上,已钻出了绿芽儿。这些小骨朵儿肯定很失望,怎么这个春天不见一丝阳光。所以,我明白了一个道理,原来春天不是阳光召唤来的。

没有阳光,藏于泥土深处的生命体也会知道,只要属于它们的时间到了,它们就上场了。

就像一场表演,每个节目的时间都是掐准的,前一个节目是演好了,还是演砸了,与它是没有关系的。属于它的表演时间到了,就会冲破千难万险,站到舞台中央。

事实上,这段感悟是与16岁的儿子,在清晨6点送他去学校的路上分享的。

他喜欢骑车上学,但就在昨晚的雨夜,他摔了一跤,

一身雨水回到家。我想起多年前,有过类似的一跤。

那年我刚给他买了一件呢质棉衣,他个子还很小,坐在车子后凳上,因为雨天我的一个急刹,两人全倒在地上。

很多人围拢来看,都在说:"带个孩子,要骑得慢点儿呀!"

一转眼,他已上高中了,面对的是学考和高考。桌上的书堆得很高,我想起自己当年的高考,也是如此,一模一样。

时光在流逝,没有一种时间是相同的,但很多故事,很多场景却是一样的。

不管江南的阴雨如何连绵,这只已经9岁的鸟儿在黑夜的尽头开始歌唱了,因为属于它的季节来了;我的这位快要成年的孩子,也像他的父亲一样有点儿急躁,在春天的雨中摔在了坚硬的道路上,他所感受到的疼痛与我当年应该是一模一样的。

还有许多,种种,一切都会款款而来。真的,什么都不需要着急。

(图/小粒团)

一定有人比你更努力

□高 原

在万科售楼处当过两年售楼小姐的卢女士，于24个月的售楼生涯中，拿到7个月的销售冠军。2016年，卢女士到美国发展，在洛杉矶的一处偏僻之地开了一家房产中介所。地段差，人流量小，中国人也少，但短短4个月之后，周边的竞争对手惊讶地发现，许多老客户已经跑到卢女士的中介所去了。

一介女流之辈，年龄不到30岁，为何如此成功？

卢女士觉得原因很简单，她比别人更拼命。"我从17岁就习惯了早晨5点起床，除了生病，这个习惯没有改变过。在万科卖楼时，别人一天打50个电话，我打150个；别人一天接待20个客户，我接待60个；别人觉得嗓子疼就请假，我买片药继续加班。也许是童年时代养成的习惯，闲下来我就有危机感，必须不停地忙，不断地做事情。我总认为，一定有人比我更努力，如果我稍作休息，就可能被甩得连别人的影子都看不到。"

凭借比别人更拼命的精神，她在国内是销售冠军，到了洛杉矶仍然是做生意的冠军。

2016年8月，一名学生写信向我倾诉成绩糟糕的绝望，我给他写了一封回信：

你可以每天上9节课、2节晚自习，可以一天写完2支笔芯，做至少3套卷子；你可以早起10分钟，晚睡10分钟，用这些时间记几个单词和成语，也可以用玩手机的时间弄懂一道数学题，用看娱乐杂志的时间写完一篇英语阅读笔记；你可以把K歌、看电影、聚会、打游戏的时间都用在学习上，你可以用尽一切可能来榨取这个世界给你的每一秒。这是你的权利，没有人能够剥夺。

年轻的朋友，请记住我的忠告：可怕的不是不努力，而是比你牛的人比你更努力。

有时你抱怨，6点起床很困难，背单词很困难，准时参加晨跑很困难，静下心来也很困难……你没发现吗？在你的身边，总有一些人可以5点起床，一天背60个单词，耐心读完5页书，写完全部作业。他们没有超能力，能依靠的唯有勤奋，能倚仗的唯有坚持。

谁也没有超能力，扎克伯格没有，马云没有，博尔特没有，所有伟大的成功者都没有，但是，我们自己可以决定去做什么事情，如何支配自己的时间、精力，怎样用勤奋努力改变命运。

（图/果酱的酱）

说"怒"

□ 梁实秋

一个人在发怒的时候，最难看。纵然他平素面似莲花，一旦怒而变青变白，甚至面色如土，再加上满脸的筋肉扭曲，眦裂发指，那副面目实在不仅是可憎而已。俗语说，"怒从心上起，恶向胆边生"，怒是心理的也是生理的一种变化。人逢不如意事，很少不勃然变色的。年少气盛，一言不合，怒气相加，但是许多年事已长的人，往往一样脾气暴躁。有一位姻长，已到杖朝之年，并且半身瘫痪，每晨必阅报纸，戴上老花镜，打开报纸，不久就要把桌子拍得山响，吹胡子瞪眼，破口大骂。报上的记载，他看不顺眼。不看不行，看了怄气。这时候大家躲他远远的，谁也不愿逢彼之怒。过一阵雨过天晴，他的怒气消了。

诗云："君子如怒，乱庶遄沮；君子如祉，乱庶遄已。"这是说有地位的人，赫然震怒，就可以收拨乱反正之效。一般人还是以少发脾气少惹麻烦为上。盛怒之下，体内血球不知道要伤损多少，血压不知道要升高几许，总之是不卫生。而且血气沸腾之际，理智不大清醒，言行容易逾分，于人于己都不相宜。

希腊哲学家哀皮克蒂特斯说："计算一下你有多少天不曾生气。在从前，我每天生气；有时每隔一天生气一次；后来每隔三四天生气一次；如果你一连三十天没有生气，就应该向上帝献祭表示感谢。"减少生气的次数便是修养的结果。修养的方法，说起来好难。另一位同属于斯多亚派的罗马哲学家玛可斯·奥瑞利阿斯这样说："你因为一个人的无耻而愤怒的时候，要这样问你自己：'那个无耻的人能不在这世界存在吗？'那是不能的。不可能的事不必要求。"坏人不是不需要制裁，只是我们不必愤怒。如果非愤怒不可，也要控制那愤怒，使发而中节。燕丹子说："血勇之人，怒而面赤；脉勇之人，怒而面青；骨勇之人，怒而面白；神勇之人，怒而色不变。"我想那神勇是从苦行修炼中得来的。

生而喜怒不形于色，那天赋实在太厚了。

清朝初叶有一位李绂，著《穆堂类稿》，内有一篇"无怒轩记"，他说："吾年逾四十，无涵养性情之学，无变化气质之功，因怒得过，旋悔旋犯，惧终于忿泪而已，因以'无怒'名轩。"是一篇好文章，而其戒谨恐惧之情溢于言表，不失读书人的本色。

（图/木木）

你要把心关上

□蔡康永

我们常听人劝别人:"你要把心打开。"却从来没听过有人劝别人:"你要把心关上。"这不合理,门要是随便打开,岂不是什么乱七八糟的东西都可以跑进来?别忘了有时要选择把内心的门关上,这是一种能力,说穿了,就是跟自己相处的能力。

独处的能力,是使我们与别人不一样的关键能力。跟别人相处时,别人会带来各种随机的刺激,迫使我们用各种情绪去反应。不管是在咖啡厅听到播放的音乐或隔壁桌客人的聊天,还是在马路上或网络上逛得游目四顾,我们的情绪都会有反应。

跟自己相处,并不孤单。反而是跟无聊的人勉强鬼混,才容易感觉孤单。独处不是要我们面壁打坐,我们可以挑选自己感到好奇的书或电影,当成我们跟自己相处的催化剂,类似"举杯邀明月,对影成三人"里面的"明月"吧。

为什么一本好书、一部好电影,常被称赞"启迪人心"?因为当我们心灵贫乏,没办法自行产生能量时,藏在书里、电影里那颗丰富的心灵,会不断催化我们,对生命诞生想象。

很多人都说过这些话:"我其实搞不懂我自己。""不要说别人不了解我,连我都不了解我自己。"这话听起来是烦恼,但其实是乐趣。我们相处最久的人,一定是自己。如果我们一出生就附带操作手册、易拆易懂如吸尘器或果汁机,会是何等无聊?

现在就来想想,你要"举杯邀明月,对影成三人"的话,你想邀的,是来自哪个人生角落的哪个人物呢?最好选一个人物,是你觉得跟你某方面有点儿像,或是这人竟然做了某些你很想做但还没做的事。你想到了谁吗?某位侠客?某个运动员?某个很宅的巫师?

把这个人物邀来,在你与自己相处时,可以聊这个人物哪些地方跟你很像,或是这人做了什么事,是你想做还没做的,为什么对方做了,你却还没做呢?对了,除了对照那个人物,来探索你自己之外,你应该还会注意到,为什么故事里的人物,比我们这些现实世界的人,效率高那么多?原因很简单:第一,他们比我们专注,他们背后的编剧,不会让他们没事就看手机、费神评断天下大小所有事。第二,他们存在的时间,比我们短很多,一部电影大概九十分钟,就算《哈利·波特》连拍八部,也就存在不超过二十个小时,所以他们必须高效率地说做就做,然而,比起他们来,我们存在的时间,难道就是无限的吗?

(图/小粒团)

把弱点当作根据地

□周国平

我常用一句话勉励自己：把弱点当作根据地。我不擅交际？好吧，我就少去交际的场合吧，正好把时间节省下来多读点书。我太敏感？好吧，我就捕捉住心灵里的各种细微的情绪，把它们记录下来吧，于是有了诗的创作。我从小为必有一死而痛苦？好吧，我就直面这个痛苦吧，一定要把生死的道理想明白，不知不觉走上了哲学的道路。弱点是限制，而限制有一个好处，就是给你的力量规定了使用的渠道，就像河岸给溪流规定了奔涌的渠道，而这本身就已经是在突破限制了。

所谓弱点，是用社会的眼光衡量的，许多这样的弱点，用文学的眼光衡量却是优点。敏感就是如此。不论哪一代的青少年里必有一些格外敏感的心灵，情感世界的一阵小风会使之战栗，一场小雨点儿会留下深深的印记。

每一个人的长处和短处是同一枚钱币的两面，就看你把哪一面翻了出来。换一种说法，就每一个人的潜质而言，本无所谓短长，短长是运用的结果，用得好就是长处，用得不好就成了短处。

一个人的性格的所谓优点和缺点是紧密相连的，是一枚钱币的两面，消除了其中一面，另一面也就不存在了。所以，在享受性格之利的同时，承受性格之弊，乃是题中应有之义，只需把这个弊限制在适当的范围内就可以了。

如何限制？就是发扬性格本身的长处，抑制短处的真正力量在此。

一个人不应该致力于改变自己的性格，最好的办法是扬长避短，把长处发扬到极致，短处就不足为害了。事实上，在相同性格类型的人里面，都既有成大事者，也有一事无成者，原因多半在此。

在人身上，弱点与尊严并非不相容，也许尊严更多地体现在对必不可免的弱点的承受上。

我对人类弱点怀有如此温柔的同情，远远超过对优点的钦佩，那些有着明显弱点的人，更使我感到亲切。

一个太好的女人，我是配不上的。她也不需要我，因为她有天堂等着她。可是，突然发现她有弱点，有致命的会把她送往地狱的弱点，我就依恋她了。我要守在地狱的门前，阻止她进去。

人皆有弱点，有弱点才会是真实的人性。那种自己认为没有弱点的人，一定是浅薄的人。那种众人认为没有弱点的人，多半是虚伪的人。

人生皆有缺憾，有缺憾才是真实的人生。那种看不见人生缺憾的人，或者是幼稚的，或者是麻木的，或者是自欺的。

正是在弱点和缺憾中，在对弱点的宽容和对缺憾的接受中，人才能幸福地生活着。

（图/木木）

人生里的红灯

□秦嗣林

前几年，我去了东非的塞舌尔群岛，那里是英国威廉王子和凯特王妃度蜜月的地方，景色很漂亮，宛如人间天堂。我们的帆船队首先要去买补给的日用品，一群人边逛边买，走了一个多小时。维多利亚港口附近的马路都没有红绿灯，大伙儿就傻傻地一直走，走着走着迷失了方向，问路人却听不懂法语，只好求助于经过的警察，最后，我们搭着警车回到港口。

这段旅程的插曲很有趣，也让我发现，红绿灯实在太重要了！

在台湾，不管机车族还是开车族，无论艳阳天、下雨天，人人都得等红绿灯。等红灯的心情向来不太好受，就像我们人生中遇到挫折，必须停下来。但这种人生中的红灯，其实有时候也不见得是坏事。

来当铺找我的人，大多适逢人生的红灯时期。我通常会提醒他们，红灯也是一种转机，但他们往往都听不进去。

一位在五分埔卖成衣有十多年的商人，由于业绩时好时坏，临时缺了一笔资金，便来当铺找我。他一进门就唉声叹气。在办手续时，我鼓励他，这些人生关卡就好像我们遇到十字路口时的红灯，不要停下来回首来时路，而是要看前方的路，思考有没有转弯的可能。

他一开始还是不太能接受，但要离开时，突然回头跟我说，去年有一个韩国人找他代理衣服，那时他因为要先出一大笔钱而不愿意合作，他征求我的意见。我说，那笔钱不管先付还是后付都得付，重点是他是否喜欢这家韩国服饰厂商所设计的衣服。

几年后，我去信义威秀影城看电影时巧遇他，他刚好在附近开会。两年不见，他意气风发，原来，他已经成为韩国服饰品牌的代理商，生意很不错。

在交通上，红绿灯可以有效缓解行车流量；在人生中，红绿灯制造了暂停的机会，让我们有时间停下来思考。要注意的是，这时的思绪整理，不适合去想刚刚谁超车、哪里道路不平……而是要往前思考，接下来的路要怎么走比较好，等到变成绿灯之后，才能不疾不徐地行进。

很多人感叹现在经济不景气，而当经济形势整体不好时，就是大家的红灯。每个人都得停下来，但千万记得，红灯绝对不是一件坏事。人生路上会遇到非常多的红灯，反正红灯之后就会是绿灯，绿灯之后也一定会变成红灯，一路畅通不见得是最后的赢家。红灯虽要花时间等待，但也提供了一个可以改变的契机。

（图/点点）

我给企鹅唱支歌

□眭澔平

在南极观察企鹅的过程中,有一个发现让我非常感动,那就是帝企鹅们能够通过对声波的敏锐反应,在几万只小企鹅里准确地分辨出哪一只是自己的,还能找到自己当季的丈夫或妻子在哪里。

这对我们人类来讲是完全不能实现的,南极特殊的生态环境练就了企鹅们敏锐的听力。

企鹅跟人是完全不同的物种,人类要和野生的企鹅进行交流,几乎是不可能的。

当时,我把摄影机放在三脚架上,然后对着镜头坐在冰地上。坐着挺无聊的,我就开始唱歌。

当然,我也不是平白无故地瞎唱,我有一个大胆的假设:既然企鹅,特别是帝企鹅有如此敏锐的听觉,那么它们对人的声音会不会产生一些反应呢?

唱了一会儿歌之后,我惊奇地发现一只企鹅过来了,它在听我唱歌。后来,很多只企鹅都过来了。

一个法国研究学者来到我身边,看到这个景象觉得太奇特了:谁也没有想到人的歌声竟会让企鹅有如此奇妙的感应,它们真的都停下前往海边的脚步,有的甚至直接走到我的身边倾听。

为了验证自己的发现,我又接连找了好几个企鹅栖息地,继续自己的发声实验。从娱乐角度来看,我曾是一位歌手,那这次南极之旅就变成了一次"赶场歌友会",只不过听众是那些可爱的企鹅。

虽然只能待在外围唱歌,但是当我开唱后,企鹅们就会慢慢向我靠近,还有的趴在雪地上慢慢滑行过来,最后它们竟然以我为中心围成了一个圈,大小企鹅全部靠了过来。

我连续唱了一个小时,每只企鹅都听得很入神,甚至大声地跟我合唱,这里瞬间变成了我的"南极雪上歌厅"。

有一群公企鹅原本要去海里捕鱼吃,可是我一张嘴,它们就都停下来听我唱歌了。

企鹅们可以用腹腔共鸣,产生"嘎"这种单音,还能产生一种多重音阶的卡农分音式共鸣:"嘎……嘎……"就像在给我的"南极雪上歌厅"助兴一样。

(图/木木)

女孩的遗嘱

□莫小米

女孩才六岁,上小学一年级,字写得很端正。

纸是从练习本上撕下的一页,青草绿色的横格,像是春天的土地,一垄一垄。

女孩没有别的纸,她只有这一种纸。

她在一个角落里,写写画画,好久。同病室大人不知道她在做啥,同龄女孩,多半喜欢画一个公主,或者仙女。

弄完了,仔细地对折,放到自己枕头底下。

第二天整理床铺时,女孩的姑姑发现了这张纸。女孩写的字,原文如下:

"爸爸,妈妈,你们好!我知道我得了白血病。我在电视上了解了白血病不好治,我家住农村,没有太多的钱来治病,爷爷奶奶还需要你们来照顾。我在医院很想念我的同学和老师。如果我的病治不好,请把我的布娃娃送给我的班主任老师——袁老师。"

姑姑看了掉下眼泪,我看了,也落泪。

这是我见到过的,最小的孩子写的遗嘱。

听过很多有关遗嘱的故事:老父亲把房产全部给了小保姆而不孝子女没份,穷小子热心助人意外继承巨额遗产,名人明星猝死来不及立遗嘱而引发纠纷……

剧作家们都喜欢以此为题材,喜剧、闹剧、丑剧、恶作剧、滑稽剧,应有尽有。现实的剧,显然更精彩,人生百态,显露无遗。

六岁的女孩,怎么想到写遗嘱呢?因为有一笔"遗产"——布娃娃。

"遗产"留给谁呢?

她想起,有个下雪天,因为穿得少,冻得直哭,一脸的鼻涕眼泪。

大姐姐一样的袁老师过来,一把抱起自己,冲到教研室,教研室有炭火,身子很快暖和了……

美丽的火焰在眼前跳跃,看看袁老师,却是一身的鼻涕眼泪。

女孩决定,把布娃娃留给袁老师。

立遗嘱在成人世界,是一件严苛的事情,有点儿麻烦的事情,必须符合法律允许范围内的很多条件,方能生效。

即使如此,还是避免不了那么多的纠纷和官司。

而六岁女孩告诉我们,遗嘱应该是这样一件事情:把自己最心爱的东西,赠给心目中最好的那个人。

(图/蝈蒗猫)

心的力量

□王文献

倪匡先生写过一篇很简短的文章，叫《心囚》，我看了好几遍，颇有感触。

他说的是在夏威夷街头看到一个行为艺术家创作的作品：一个人在一张网中不断地挣扎，其实这张网有很大的网眼，网中人可以轻易从网眼中逃脱，但他囿于网中，百般挣扎，就是没有挣脱那张网。

为什么？原来，作品想要表现的是，束缚那个人的，并不是那张真正的网，而是一张无形的网——他自己的心。

倪匡在文末说，在这样的情形下，能够让他解脱的，除了他自己，没有别人。而世间能够挣脱心网的只有两种人：一是天性洒脱，视网为无物的人；二是破釜沉舟，有狠劲的人。

细想想，在生活中、在工作上，我们是不是也在不知不觉中给自己设了很多无形的心网？

常常觉得自己这也不能，那也不行，还没尝试就已放弃，错失了多少良机？等醒悟过来，后悔莫及。

有时候不妨大胆一试，宁愿失败了而后悔，也不要因为没有尝试而后悔。

作家、教授蔡璧名女士，也在访谈和著作中，提到了"心"的重要性。

2007年，42岁的她得了宫颈癌，肿瘤有9厘米大，这对于她是个巨大的打击。她发现，化疗之后，只要她担心、恐惧，情绪波动大，伤口流血发炎的症状就严重，而心静下来，流血状况就会大大减轻。

这一发现，让在大学里教授《庄子》的她，意识到庄子思想的科学性。

她请求医生每天给她一点儿时间，拔掉针管，艰难地拖着病躯练习庄子提到的心法"其神凝"，也安排出时间打太极拳。所谓"其神凝"，就是把注意力专注于一个点上（如两眉之间的印堂穴），不要胡思乱想，以免乱了心神，进一步乱了气血，影响身体健康。

五个月后，蔡璧名体内的肿瘤消失了，身体也慢慢地康复了。

她根据这段生病经历写了一本书《正是时候读庄子》，书卖得很好，她也直言是庄子救了她。

心的力量如此强大，每个人都应该好好照顾自己的心。

（图/HHYM）

人是植物

□郁喆隽

人来到这个世界上,就像一颗种子掉入了土壤。这是一块怎样的土壤——是肥沃还是贫瘠,是酸性还是碱性,是干涸还是潮湿,全由不得它选择。这块土壤在哪里——是在人迹罕至的高山峻岭中,还是在海潮涨落的沙滩上,是在喧嚣城市的人行道旁,还是恰好卡在了花岗岩的石缝当中,似乎也全靠天意。

人是有根的。种子从不计较,也无法计较自己掉落在怎样的土壤里。它只是努力地发芽生根,恣意生长。

它以最自然的方式,从周围的环境中吸收一切。如果土壤里养料充分,它就茁壮一些;如果土壤里养料匮乏,它就羸弱一点儿。如果土壤里充满毒素,它也无法拒绝,只能默默吸收,把毒素长成自己的躯干枝叶,甚至开出毒花结出毒果来……植物不挑剔,因为它没有分别心。

一旦根系长成,就很难改变了。根扎得越深,就越难改变。植物无法自己切断自己的根。

每一株植物是被大地绑架的生命。只要还活着,它都觉得幸福;只要扎根的土地还能给它一丝生机,它都会无比珍惜,使劲地赞美土地,并生出无限的眷恋。只有极少数的植物,被暴雨或海浪冲刷,再也无法牢牢抓住土壤,被迫随波逐流地离开。

或许,它会被冲入江河湖海,从此无根可扎,自生自灭去了;或许,它会被偶然冲到一块更为美好的土壤里,再次扎根下来……谁知道呢?但植物的本能告诉它,除非身不由己,否则绝不改变现状。

植物从不攀比。即便原本都来自一株母体,如今有的活在天涯,有的长在海角,有的在山巅,有的在谷底……本是同根,那又何妨?何必比较,徒增烦恼?更何况,举目四望,植物和植物本来就有天壤之别。有的如棕榈般高大挺拔伟岸,有的像浮萍那样纤细渺小柔弱;有的丑陋如仙人掌,有的优雅似君子兰。从来就没有什么感同身受,只有各活各命,自顾自怜而已。久而久之,每一株植物都变得"自给自足"。它反复念诵着,只要是我的,就是最好的,只有我能得到的,才算是好的。

植物都对自己绝望,而对下一代充满希望。自己已然定型,占据着方寸之间。于是就指望下一代,以至世世代代,走出这方寸,去看看世界。

想到这里,就要储存稀缺的能量,把种子喷撒出去;便要再挣扎一下,向上伸展,拼尽全力在夹缝里照到丝毫阳光。这样,植物才能证明自己尚存生欲。

(图/张翀)

我静静地活着，然后静静地消失

□李银河

当你凝神观看，亿万像自己一样的人静静生活一段时间，然后静静消失了。这情形既恐怖，又美丽；既壮观，又无奈。当年悉达多在菩提树下看到的一定就是这一情景。

每个人都万分看重自己的生命，而且对这个生命为什么会出现、为什么会消失、它的存在有没有意义这些问题，终身孜孜以求，不能释怀。但是无数的哲思、无数的冥想、无数的修行，都不能真正为生命赋予意义，因为从宏观看，从生命在宇宙间的位置来看，人无论如何都找不到生命的意义。这让人感到无力、无奈。

人唯一自我安慰的办法是为自己的存在自赋意义，找一些自己喜欢的价值，去追求，去享用，将这些价值赋予自己的生命，确定为自己这一个体存在的价值。例如爱和美。

某世界500强公司总裁乔纳森·布克的临终遗言提道：他荒废了自己的生命，追求到的钱没什么用，对于他最有意义的还是情感生活；他说这些后悔话说晚了，应当早一点儿想这些事，所谓参透、开悟，就是这个意思：人的修行就是做这件事，开始得越早越好。

在我们之前，已经有1080亿人静静地活过，他们已经静静地消失；现在活着的有70多亿人，而我就是其中之一。我静静地活着，在不久的将来，我也会静静地消失。

每每想起生命之短暂，美好之罕见，爱情之虚幻，不由得泪流满面。但是，如果稍有勇气，人就能够看清生命的真相，它的短暂如白驹过隙，令人如此猝不及防，如此突兀，就像流星划过漆黑的夜空，一刻的绚烂之后，永归岑寂。

诗意的栖居必定是刻意为之，先有追求这一境界的欲望，再有刻意追求的行动。所谓行动其实也只是在想象之中——把自己想象为一只自由飞翔的鸟，在世界的枝头短暂地停留。

正因为生命之空无，所以一切的美好只存在于虚幻之中、想象之中。现实生活永远是琐碎的、无聊的、沉闷的，而所有的美好只是被人刻意想象出来，以便浸淫其中。

就连生命本身都是空无的，爱情又怎能不是想象的产物呢？所有的美好又怎能不是想象的产物呢？难道它们真的能够在这个平庸无趣的俗世上存在吗？即使真的存在了一刹那，难道能够持久吗？不会很快消失吗？

尽管如此，我仍宁愿沉浸在爱与美之中，享受每一个日子。尽管明知一切只在想象之中，尽管明知一切终将逝去，消失得无影无踪。

（图/张翀）

风到底要吹走什么

□鲍尔吉·原野

湖水的波纹一如湖的笑容，芭蕉叶子转身洒落了一夜的露水。晃动的野菊花仿佛想起难以置信的梦境；旗帜用最大的力气抱住旗杆，好像要把旗杆从土地里拔出——它们遇到了风。

风同时用最大和最小的力量吹拂万物。它吹花朵的气流与人吹笛子的气流相仿，风竟有如此温柔的心，这样的心让湖水笑出皱纹。

风在树梢听到自己的声音变为合唱。这声音如同发自脚下，又像来自远方。风想干什么？风不让旗帜休息。旗的耳边灌满扑啦啦的声响，以为自己早已飘向南极。

风从世界各地请来云彩，云把天空挤得满满当当。风是非物质遗产手艺人，为云彩正衣冠，塑身材，让云如旧日城堡，如羊圈，如棉花地，如床，如海上的浪花，如悬崖，如桑拿室，如白轮船……

风喜欢看到燕子不扇翅膀照样飞翔与转弯，风更喜欢燕子一头冲进农舍房梁的泥巢里。秋毫无犯啊，秋毫无犯。这是风对燕子的赞词。

风吹麦地有另一副心肠。它摩挲麦子金黄的皮毛，像抚摸宠物。麦子是大地养育的奇迹之一，它藏的孩子太多，每条麦穗都是一大家子人。麦粒变成白面之后，世上就有了馒头、面条。风从鲜卑利亚向南吹拂。春天，风自苔原的冻土带出发，吹绿青草，吹落桃与杏的花瓣，把淡红色的苹果花吹到雪白的梨花身上，边跑边测量泥土的温度。风过黄河不需桥梁，它把白墙黑瓦抚摸一遍，吹拂江南蛋黄般的油菜花，继续向南。风听过一百种叽里呱啦的方言，带走无数植物的气息，找到野兽和飞鸟的藏身地。

风扑向大海，辨识白天的岛屿和黑夜的星星，最终到达澳大利亚的最南端。风说：世间只有速度，并无时间。风一直在对抗着时间。

风吹在富人和穷人的脸上，推着孩子和老人的后背往前走。风打散人的头发，数他们每一根发丝。风吹干人们的泪痕。风想把黑人吹成白人，把穷人吹成富人，把蚂蚁吹成骆驼，把流浪狗吹回它的家。风一定想吹走什么，白天吹不走，黑天接着吹。风吹人一辈子和他们子孙一辈子仍不停歇。谁也不知风到底吹走了什么，记不起树木、河土和花瓣原来的位置。风吹走云彩和大地上可以吹走的一切，风最后吹走了风。

我至今尚未见过风，却时时感到它的存在。沙尘不是风，水纹不是风，旗帜不是风。风长什么样呢？一把年纪竟没见过风。风与光一样透明、一样不停歇、一样抓不住。不知不觉，风吹薄了人，吹走了人的一生。

（图/张翀）

色彩"改变"了时间的长短

□东方飞扬

有时候,人们会约在快餐店里见面,但实际上,快餐店里并不适合等人。

色彩具有不可思议的神奇魔力,会给人的感觉带来巨大的影响。色彩可以使人的时间感发生混淆,这是它的众多魔力之一。

有人曾做过这样一个实验:让两个人中的一人进入粉红色壁纸、深红色地毯的红色系房间,让另外一人进入蓝色壁纸、蓝色地毯的蓝色系房间。不给他们任何计时器,让他们凭感觉在一小时后从房间中出来。结果,在红色系房间中的人在40到50分钟后便出来了,而蓝色系房间中的人在70到80分钟后还没有出来。有人说:"这是因为红色的房间让人觉得不舒服,所以感觉时间特别漫长。"确实有这个原因,但也不尽然。最主要的原因是人的时间感会被周围的颜色扰乱。

快餐店里适合等人吗?答案是否定的。因为快餐店的装潢以橙色、红色为主,这两种颜色虽然容易使人愉快兴奋,促进食欲,却会使人感觉时间漫长。如果在这样的环境中等人,会越来越烦躁,所以快餐店是不适合等人的。

在时下非常流行的休闲运动潜水中,人需要携带氧气瓶。一个氧气瓶可以持续40到50分钟供氧,但是大多数潜水者将一个氧气瓶的氧气用光后,感觉在水中只下潜了20分钟左右。海洋里的各色鱼类和漂亮珊瑚可以吸引潜水者的注意力,因此会感觉时间过得很快,这是原因之一。更重要的是,海底是被海水包围的一个蓝色世界。正是蓝色麻痹了潜水者对时间的感觉,使他感觉到的时间比实际的时间短。

这种现象在日常生活中也非常常见,灯光照明就是其中一个例子。在青白色的荧光灯下,人会感觉时间过得很快,而在温暖的白炽灯下,就会感觉时间过得很慢。白炽灯会使人感觉时间漫长,容易产生烦躁情绪。反之,卧室中就比较适合使用白炽灯等令人感觉温暖的照明设备,这样会营造出一个属于自己的悠闲空间。

现代社会中,蓝色有四两拨千斤的作用,例如使用蓝色系的窗帘、蓝色的椅子、蓝色的会议记录本……看到蓝色的东西,会让人觉得时间过得很快,从而产生赶快将会议进行完的强迫观念。

此外,由于蓝色还有使人放松的作用。在放松的环境中开会,人也更容易产生有创意的点子或提出建设性的意见。因此,使用蓝色装潢会议室,不仅会使漫长的会议变得紧凑,而且会议内容也会变得更加充实,讨论也更有效率。

(图/罗再武)

让一小块时间显形

□万晓岩

拉着闺蜜，说话间即到目的地。闺蜜惊异，咦，好像没用时间。如此说来，我们好像是在时间的夹缝里混过一瞬，躲过了时间的迎头痛击。

今春我种下芸豆，发芽、长叶、爬竿、开花，一切都是按部就班，却没有结果，确切说，没有应有的结果，稀稀拉拉的几粒，好像整个生长过程都是个不动声色的谎言，时间没有显形，虚无了。

没有什么是必须显形的。同样，用于一个明确的形体也是，它未必背负着本意，万物生长，各有心志。现世赋予的，总是背道而驰，如同这只蜻蜓与那架小型无人机，各有来去，某个意义上却其实同宗。

佩索阿分身有术，把自己分成若干个，还各自命名，实现戏剧性地剥离，单独成立自己的世界，虚实自决。

画家画画，也是要把身上的种种自我慢慢剥离出来。

有的演员，表演进入了油滑之境，竟能把角色冷落，演啥都是演自己，他的路已至绝境。写字的人，同样会写滑腻了，他是写着写着，把身上的其他"我"都写闭关了。

画家这种对自身可能性的探究，叫人喜欢。她不断呈现出一些新的视线，以及心境的纵深和开阔，还有拓展过程里不过分吃力的轻盈。她亦是在每一幅画里分身，用不同的事物给自己命名。

这种自律，隐隐穿行在作品的气息里。

画的气息是扑面而出的。它不像音乐和文字，要老鼠拉木锨一样慢慢拽出来，它就是这么直接、坦荡，不留死角。你总是先被它的气息扑倒，而后回过神来才能去阅读细节。细节成了气息流滞的呈现。

在每个夏天，都有无数场荷花，从夏天里满溢出去，以清凉之心静于一隅，不为世事所动，不论谁来谁去。画家去看它，荷花会叠加，无数透明的影子附在其身后，把静气取出，从一种固化的序列里，取出它的某些部分，投射到自身的精神之境。这个过程，如同聚焦，由模糊到清晰，反转数个来回。

实在挡住了路线，她就直接把花瓣掰下，把那些秘而不宣、长久的积存，片刻的犹疑、纷乱、挣扎，还有喜悦，都和盘端出。

芳心如许。

在一些普通的、甚至世俗的事物里，她会不可遏止地凸显出清雅。而在本来就清气袭人的荷这里，她就不可思议地淡化清雅，或者暗下去一些，另外强调一些浓郁，似一种被淹没的深情。

美术，是一种美的执念。

她做的，就是让一小块时间显形。

（图/蛔菓猫）

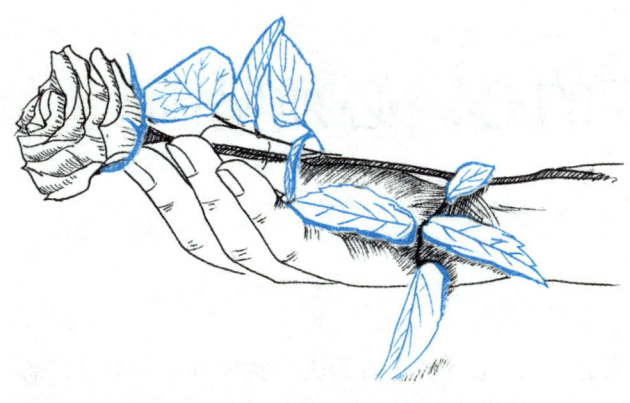

做一朵花的知己

□ 薛　峰

这是英国文学家王尔德的一件逸事：有一天，他走进一家花店，不买花，却要求店员将橱窗里的花取出一部分。店员不解。王尔德说："我不想买花，只是看它们太拥挤了，心疼它们被挤坏，我想让它们轻松一下。"这是多么诗意而美好的举动，这是多么懂得花的悲欢，体恤花的疼痛啊，他成了花的知己。而这样的人，想必内心也是美丽芬芳的。

林清玄先生曾说过一句话："一个人无论身份尊卑，都要有一颗疼惜的心。"他讲过这样一个小故事：

有一天中午，一个人走在森林里，遇见了一只蜉蝣正在哀伤地痛哭。那人问蜉蝣："你为什么哭泣？"蜉蝣说："我的太太刚刚死了，所以我在这里痛哭。"那人说："现在已经中午了，你也很快就会死，何必哭泣呢？"蜉蝣听了，哭得更伤心。

那个人不禁觉得好笑，蜉蝣的生命只有一天，朝生而夕死，中午死和黄昏死有什么不同，何必哭泣呢？于是他离开了。

等走远了，他才想到，从人的眼光看来，蜉蝣的一生是如此短促，中午和黄昏差别不大，可是从蜉蝣看来，中午到黄昏就是它的下半生，它的下半生和人的下半生是一样漫长的！因此，他慈悲地走回去看那只蜉蝣，蜉蝣已经死在树下了——它竟以自己的后半生来悼念爱妻。那个人深受感动，亲手把两只蜉蝣埋葬了。

林清玄先生由蜉蝣想到人，他说："我们生而为人，自诩为万物之灵，动物中的至尊，以至于不能从其他众生的眼光中看生命，也就难以做到真实的慈悲了。"因此，我们要疼惜生命，一定要有一颗融入、体贴别人的生命的心。

就像王尔德，做一朵花的知己，心疼花的遭遇，这是人性难得的怜悯。

（图/木木）

优等的心，必须坚固

□毕淑敏

蜜蜂会造蜂巢，蚂蚁会造蚁穴，人会造房屋、机器，造美丽的艺术品和动听的歌。但是，对于我们最重要最宝贵的东西——自己的心，谁是它的建造者？

我们的心，是长久地不知不觉地以自己的双手，塑造而成的。

造心先得有材料。有的心是用钢铁造的，沉重黑暗；有的心是用冰雪造的，高洁酷寒；有的心是用丝绸造的，柔滑飘逸；有的心是用玻璃造的，晶莹脆薄；有的心是用竹子造的，锋利多刺；有的心是用木头造的，安稳麻木；有的心是用垃圾造的，面目可憎；有的心是用谎言造的，百孔千疮；有的心是用眼镜蛇的毒液造的，剧毒凶残。

造心要有手艺。

一只灵巧的心，缝制得如同金丝荷包。一罐古朴的心，醇厚得好似百年老酒。一枚机敏的心，感应快捷，电光石火。

一颗潦草的心，门可罗雀，疏可走马。一摊胡乱堆就的心，乏善可陈，杂乱无章。一片编织荆棘的心，暗设机关，处处陷阱。

造心需要时间。

少则一分一秒，多则一世一生。片刻而成的大智大勇之心，未必就不玲珑。久拖不决的谨小慎微之心，未必就很精致。有的人，小小年纪，就竣工一颗完整坚实之心。有的人，发皆白，还在心的地基上挖土打桩。有的人，精雕细刻一辈子，临终还在打磨心的剔透。

有的人，粗制滥造一辈子，人未远行，心已冷寂成灰。

心可以很硬，超过人世间已知的任何一款金属。心可以很软，如泣如诉如绢如帛。心可以很有韧性，千百次的折损委屈，依旧平整如初。心可以很脆，一个不小心，顿时香销玉碎。

优等的心，不必华丽，但必须坚固。因为人生有太多的压榨和当头一击，会与独行的心灵在暗夜狭路相逢。

如果没有精心的特别设计，简陋的心，很易横遭伤害一蹶不振，也许从此破罐破摔，再无生机。

当以我手塑我心的时候，一定要找好样板，郑重设计，万不可草率行事。

造心当然免不了失败，也很可能会推倒重来。不必气馁，但也不可过于大意。因为心灵的本质，是一种缓慢而精细的物体，太多的揉搓，会破坏它的灵性与感动。

造好的心，如同造好的船。当它下水远航时，白云在头上飘荡，海鸥在前面飞翔，那是一个神圣的时刻。会有台风，会有巨浪，但一颗美好的心，即使巨轮沉没，它也会在海浪中，无畏而快乐地燃烧！

（图/麦小片）

后来居上

□亦 维

在金庸的武侠小说中,有一门功夫甚为厉害,名曰独孤九剑,以无招胜有招,打遍天下无敌手。独孤九剑的厉害,不仅仅在于"求一败而不得",更在于武学境界的出神入化。

金庸先生设计的武功体系,讲究"千锤百炼"。每一个门派的武功,都是经过数代人反复打磨,去芜存菁,一代一代师徒相传,一招一式精妙无比。

从功能上讲,几乎所有门派的武功招式都可分为两类,或偏于攻,或偏于守。但正如阴阳相互制约一般,当招式偏向于攻时,守必定处于弱势;当招式趋于守时,攻必定火力不足。

但独孤九剑是个例外。它没有招,也不用守,因为"招招都是进攻,攻敌之不得不守,自己当然不用守了"。神而明之,存乎其心。独孤九剑的高明之处,不在于武功招式,因为它原本就无招,而在于悟性。只有悟透"乘虚而入、后发制人"这八个字的精要,才能发挥出独孤九剑的精妙。

这八个字,亦可以视作商业思维的境界。

在商业世界里,有一种成功,叫作敢为人先。

在所有人都在用马车的时代,福特最先研发出了汽车;在所有人还在使用DOS系统的电脑操作软件时,微软率先推出Windows视窗操作系统;在所有人还在用功能手机时,苹果抢先推出了备受用户喜爱的智能手机……

世间所有的事,成功与否,莫过于境界的高低。能够抢先一步推出市场上没有的产品,且这种产品正好能满足消费者的需求,毋庸置疑是成功的商业,在经济学中被称为颠覆式创新,或破坏式创新。还有一种商业成功,叫作后来居上。电商模式并非阿里巴巴的首创,但马云在模仿学习借鉴之后,硬是把阿里做成全球最大的网上贸易市场。

知名企业家、投资人段永平对这种"敢为天下后"有独到见解。他说,敢为人先通常很难,因为猜市场的需求非常困难,但是如果已经有人把市场需求探明了,此时再进场也不为晚,甚至更好,因为"当你再去满足这个需求时,确定性会更高"。在经济学中,这也被称为延续式创新。

跟颠覆式创新一样,延续式创新对创业者的要求也较高,尤其是要有悟性,要领悟到"乘虚而入、后发制人"的境界,懂得抓住先行者忽略的、判断失误的或是他们做得不够好的地方,但这些地方又恰恰是市场需求的"痛点",然后快速出击,后发先至,一举成功。

世间所有的事,成功与否,莫过于境界的高低。武学如此,商业也是如此。

(图/罗再武)

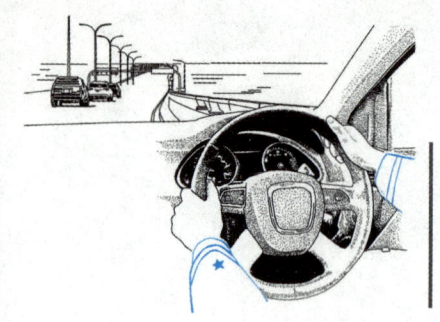

少年·加州

□ 一 格

我们是在年轻时一点儿一点儿老去的。不是从十几岁到几十岁,而是从少女到少年。当少女从情绪和细节中爬出来,真正地拥抱世界,即是少年。

长途,炎日和枯树都没了阴影,少年既不愿成为父亲,也不愿成为孩子。少年在干燥的世界里把心浸湿,没有目的,没有方向,像一粒孢子,一边行进一边遗忘,在没有牵挂和依靠时,简简单单的。

下午两点,加州的太阳正烈,日光晒在我们的跑车上并穿进来打在我身上。我穿着一身黑色宽敞的衣服,戴着墨镜,行驶在干燥的公路上。

车带我跨越大桥,从旧金山湾区驶入圣马特奥大桥。桥面是光秃秃的白色,每一辆汽车疾行而过都似爆裂的前奏。两边干瘪的路灯,如孤雁的单翅一般,无休止地重复、闪过,大约不曾存在。还有干枯的电线杆,也被蓝天消化了。车是快的,大桥是慢的,"前方"永无休止,我们即使知道前进,也忘记了去哪里。

身旁一辆同色敞篷车开到平行,开车的人朝我打招呼。我想,少年只会微微笑,便这样做了。朋友在身旁笑我,她说我应该 Say Hi(说"嗨")。

我们跑在大桥上,车里的民谣听得我干干净净的。脑海里有很多东西,心里还是一个单纯快乐的调子。过去和路灯一起闪过。我想我是迷恋变挡的,转化角色和速度,想把每一个角色都做得漂亮,在每一种速度上都达到极致。

少年的青春就停止在获得了很多的那一刻。他的心灵是肿胀的气球,气体溢满,心情在爆破的边缘,青春却在气球破裂的时候回来,追着长途跋涉的少年。终有时候,少年把娱乐和愚蠢卸在路上,心里只装得下前方的公路,简单的,真实的。

终于驶出大桥的另一端,开往纳帕(Napa)的路上,日光渐渐成了夕阳。这让我想起两年前第一次来 Napa 时,也是车行在夕阳下。那时,夕阳浪漫,公路悠悠,风很甜。走进庄园后坐下来,手中的葡萄酒被柔和的日光透出有气血的红色。

少女陶醉在幻念和真实之间,在浅浅的美酒中摆渡。而如今,少年只会这样形容在 Napa 的夜晚:Yountville(杨特维尔),好酒、美食,今天还不错。

少女是美感,少年才是真的品质。

回旧金山,海湾对面的城市灯火辉煌,我确定不是海市蜃楼。我用手机抢拍时没对好焦,照片中只剩三四点红色和白色的菱形光圈,是车灯、街灯和信号灯,正如虚焦的短暂快乐。

(图/点点)

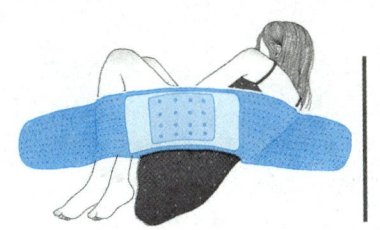

谁都有伤心的权利

□ 吴淡如

一位朋友两年前失去了父亲，丧父之痛固然是很大的打击，但是那种悲伤会随着时间而淡去。这两年来最折磨她的并不是父亲的逝世，而是未亡人——她母亲带给她的压力。虽然父亲在世时也不是个体贴妻子的好丈夫，两人吵吵闹闹，住在同一屋檐下也是形同陌路，但在父亲去世后，母亲对父亲的爱忽然像魔术海绵一样扩张了。

朋友的母亲在这两年中动不动就把自己锁在房中哭泣，比从前更不爱出门。有时，她已婚的哥哥、姐姐、妹妹回家团圆，祖孙三代和乐融融之际，她母亲会突然悲从中来，在餐桌上嘤嘤地哭泣起来，使大家不知所措。每次大团圆都变成追悼大会，所有的人在屡次安慰无效后，渐渐找借口不再参加，以免尴尬。这样又导致母亲骂儿女不孝："你爸死了，你们就不理我？"

要母亲出门参加活动，她一律以"不知道人家会怎么看我"为由拒绝，在家长吁短叹。买了一件漂亮衣服送给母亲，她会说："丈夫都不在了，穿成这样会给人家笑话。"朋友说："她少了一个感情不睦的丈夫，但我也少了一个和蔼可亲的父亲，为什么只有她有伤心的权利？"

另一位好友数年前面临丧弟之痛，最令她无法面对的并不是生离死别的事实，而是她母亲在大家快乐相聚时总会忽然哭泣的样子。白发人送黑发人固然残酷，但事实上，她弟弟在得抑郁症自杀前，她曾建议母亲给他请心理医生，母亲的回答是："这样会给人家笑话。不准！"并且在生活中多番给她弟弟压力和打击，到他变成自我伤害性很强的精神病，再救治已经来不及了。

好友说："每一个亲戚都叫我照顾我妈的情绪，可是关于这件事，逝者已矣，受伤害最大的是我！她现在来'锦上添花'做什么？"

好友逢年过节根本不敢回老家，因为在精神上不断自虐并虐待全家人的母亲，在大家围圆桌吃饭时总要故意空一个位子，多摆一份碗筷，气氛变得很奇怪，非搞到大家吃到一半，触景生情哭起来。

生离死别谁能免？时间会慢慢冲淡一切，但自我疗伤仍是必要的，在感情上受了伤害的人没有权利再把自己的伤口挖深，否则，伤害会与日俱增。大至生死离别，小至失恋都一样，总要把自己往上拉，而不是往下推。往下推，会失去比本来失去的更多。

谁都有伤心的权利，但谁也都有让身边的人不受负面影响的义务。

（图/小粒团）

哪有什么人生巅峰

□陈文茜

瑞典一位摄影诗人克里斯蒂安·马尔豪瑟，三次攀登瑞士高峰马特洪峰。他刻意独自夜宿当地数天，在零下12摄氏度、无文明尘埃扰人的情境下，拍了四分钟的缩时摄影影片《巅峰》。

出发前他问自己：一个人面对大自然，看着云朵、阳光、星空变化，就可融入其景吗？攀登的过程中，他不假思索地相信：只要到了目的地，一定可以抛掉所有现实中恼人的不安。

抵达目的地时，他先是一声惊叹，但很快地，许多往事冷不防地盘旋于脑海，即使他已爬上高峰。

我们许多人都有类似的经验。观赏落日的彩霞、树梢的新月，虽然河面平静、星空无云，但总有一些杂念、情绪、遗憾、感叹占据心灵。

我们是欲望的奴隶，收入、身份、外表、名誉……甚至什么鬼牌子的包包、当季名牌鞋……到了极地、山顶、原始森林，或许可以暂时被治愈，但回到现实世界后，心又躁动。

你看那天空中的鸟，纵使迁徙，春去秋来，飞越大地，永远是快乐的。你看那笼中之鸟，有遮雨之屋，不必自己苦苦觅食，但看似小小的城堡，却是最悲伤"奢侈"的囚笼。我们把这种状态的鸟叫"囚鸟"。

当你可以看到一朵花时，当下心静，无杂念，明白它的美好；看到海水的波浪，不必神伤，感念它漂荡了如许之久，终和你相遇；月亮自归圆，叶子轻落，如我们偶尔碰到的生命奇遇。

这一刻，你才能和一切你所经历的周遭事物，共同享受生命的历程。

这时你不必登峰，已在巅峰。

（图/兜子）

教授先生

□ 杨 澜

理查德教授被哥伦比亚新闻学院开除了。原因是有学生告他。罪名之一：上课内容不充实；罪名之二：从不留课外作业。

带头写信的学生是一位名叫凯特的姑娘。她理直气壮地公开说："我们是付了哥伦比亚的高昂学费（每年两万美元）来听课的，学不到东西当然要请他（指理查德）走路。"

理查德教的是电视新闻课，在美国电视圈里颇有声望。这一次被几个乳臭未干的毛孩子砸了饭碗，心中一定不怎么好受。

说起来，美国大学里的教授，日子过得也挺不容易的。

在哥伦比亚大学学习的两年中，给我帮助最大的是约翰逊教授。他是我所在的国际传媒系主任，又是我的个人指导老师。他本人是报纸记者出身，文字功夫很到家，今年他已六十五岁，一头雪白的鬈发，眼睛里既有为师的慈祥，又有记者的锐利，爱穿高领套头衫、粗呢西装和牛仔裤，非常干练，好像随时都准备出门采访似的。

约翰逊教授常说："记者最忌一个'懒'字，落在纸上的东西一定要亲自核实，切不可道听途说。"每周，他都要求我们交一篇两千字左右的专题报道。遇上有的学生为图省事，连续几篇都写些在学校里发生的事，他就不客气地说："如果有一天你做了记者，是不是只报道发生在报馆或电视台内部的事呢？这样你倒是适合去某个机关报干干。"

有了这样的前车之鉴，我岂敢掉以轻心？于是力争每篇报道都在内容上有所不同：既有对代表前卫艺术的外百老汇剧的采访，又有对公立小学教育经费问题的调查；既写市中心的高档咖啡馆，也写街边的流浪汉。一次，为了了解黑人社区对州长竞选的态度，我只身深入治安不佳的哈雷姆区，采访黑人教堂、社团及商贩，取得了第一手资料。

结果，那篇文章很得约翰逊教授的赞赏，并作为范文印发全班人手一册。当然，他在文章结尾处的评语也就被公之于众了："我很欣赏你对不同题材的尝试，并认为这是一篇构架完整，文字流畅的好文章。作为一名母语不是英语的外国学生，做到这点尤为不易，但是我必须提醒你：哈雷姆区是很不安全的地段，以后最好不要单独前往。"

我回想起那天采访归来，天色已暗，路边潦倒的醉汉向我投来的审视目光，心中也不禁后怕起来。而约翰逊教授的评语中所表露的关怀，在我心头留下了一份暖意。

我说："如果有机会，我就用摄像机把中国拍下来，带到美国来给您看，教授先生。"

（图/罗再武）

妙不可言

□莫小米

一家餐馆将开张,要招服务生。

恰逢一福利工厂倒闭,6位下岗女工,一齐来应聘。她们是聋哑人,到处应聘遭拒,不抱多少希望,只是试试看。

老板考量了一下,她们年轻,长得清爽,有相当于初中毕业的文化水平,能以纸笔表达,不是很好吗?

灵机一动,索性,这家餐馆的服务生,全部招收了聋哑人。

于是在喧闹的都市,这家餐馆除了提供食物,还提供特殊的氛围。

一进门,迎接你的是甜美的微笑,引领你的是轻柔的手势。她们穿着软底鞋,仙女一般地飘在你左右。

递上标示得格外清楚的餐单,颔首低眉,静静等候。

她们眼力特敏锐,你想要什么,只消一个手势,甚至一个眼神,她们就懂了。啥叫善解人意?

她们的眼里、心里,只有你,外面放鞭炮拉警报都不关她们的事。啥叫心无旁骛?

她们记忆力特强,你点的单子,绝对不会搞错,这个客人要咸,那个客人要淡,绝对不会混淆。对回头客,她们甚至记得他的口味喜好。啥叫心有灵犀?

有个吃霸王餐的老手,钉子、苍蝇随身带,吃得差不多时,他要趁她们不备下手"栽赃",可她们是那么无微不至,你稍有异常的举动或眼神,她们就会觉察,并露出随时听候吩咐的笑容。周遭又是那么宁静,看起来很难浑水摸鱼,逼得"霸王餐老手"乖乖就范,如数付了款。啥叫明察秋毫?

她们心平气和,永远不会和你争执;她们乖巧伶俐,永远看你眼色行事。啥叫无声胜有声?这么多的优点,在别人也许需要规范,需要坚持,在她们,只是本能而已,加上对一份工作的珍惜和认真。啥叫妙不可言?

餐馆老板,聪明人。

(图/蝈菓猫)

整容不如整心

□蔡 澜

看到新加坡的一则消息,有个叫沈罗连的医生拼命替女人拍照片,从18岁到40岁,已经拍了10000张。

沈医生是为了他的职业而这么做的,他是位整容专家,但是要求女人让他拍照时还是有困难的,他说:"她们带着怀疑的眼光看着我,把我当成异类。"

好在,有个女实习医师帮他的忙,先代他搭路才顺利地完成任务。他认为把新加坡女子的面貌综合起来,找出一个理想的样子,好过模仿西方女人。

"我们的女子双眼之间距离太宽,"沈医生说,"鼻子太大又太扁,额头太凸。但是这些缺点调和起来,还是有东方味道,如果根据洋妞去改,反而是四不像。"

一般来说,新加坡人认为电视明星郑惠玉的样子相当理想,但是能有多少个郑惠玉呢?稀少才觉得珍贵呀,大家都像郑惠玉,那么新加坡人就会欣赏那些额头小、双眼间宽、鼻子大的女人了。我认为自然还是可爱的。

沈医生有不同的见解,他说:"其他的整容医生对双眼太宽的解救方法是把鼻子弄高,将鼻孔改窄,但这么做便不像一个东方女子。我的方法是将鼻端弄得更尖。"

哈,尖了还不是那个鬼样?

整容的女人,是没有自信心的女人。整过之后,一生便永远戴个假东西在脸上。何必呢!而且整失败的话永不得翻身。如果成功,那更糟,会上瘾的,这里整整,那里整整,又跑出个黄夏蕙来。

美,的确占便宜。但是短暂得很,不会做人的话,一下子便令人生厌。有些女人一看平凡,但是越聊越觉得她们有味道,这完全是脑筋问题。

把钱花在增加学识上,或多旅行令心胸广阔,这是基本。要整容,不如先整心。

(图/兜子)

冷静是最优雅的态度

□沈嘉柯

有一名去外国旅游的游客,在经过隧道入口的时候,以为这个地方交通警察管不到,于是大着胆子穿过去。这个时候他发现一名警察在不远处缓慢地跟随着,却没有上前来制止他。

他心想,嘿,那说明警察不在意,于是自在而悠闲地走了过去。

结果当他走到对面,警察迅速上前:"先生,对不起,你违反了交通规则,请接受处罚。"

他很是奇怪:"这是为什么?"

警察温和地说:"那是因为,我怕一声大喝制止了你,你会惊慌失措。而你在穿行隧道,列车随时会开过来,那是非常危险的,更容易出事。所以,以后请你一定要小心啊!"

游客吓出一身冷汗,对警察万分感激,从此他再也不违反交通规则。

看到这个故事,我忽然就想起自己小的时候,在乡下的水井边玩,那是一口非常深的井,有十多米深,掉下去是很难救起的。

远远地,我母亲看见了,她万分惊恐,但是,那一刹那却无比冷静。

她一点儿声音也没发出,慢慢地、偷偷地靠近,在距离非常近的时候,一把把我抱下去。然后才出一口大气,大声地叮嘱我。

我成年之后,母亲提及这件事,仅仅是用一句话来概括:关键时候,一定要保持沉静。以至于我看到上面那个故事的时候,马上回想起这件关系自己性命的事,这让我一辈子刻骨铭心。

保持冷静,是多么可贵的一种品质,它直接关系到生命。无数次在你面临危难的时候,它能够使你从容地过关。

(图/张翀)

伤口多了就是锯

□沈岳明

在南美洲海域,大约生活着100种锯齿鱼,唯有一种叫作猛鲑的锯齿鱼最为凶猛。猛鲑身长大约50厘米,身上长满了锋利的锯齿。

虽然个子不大,但它敢攻击比它体型大上百倍的鱼类,如果碰上鳄鱼,它们会一拥而上,只一眨眼工夫,鳄鱼便被猛鲑切割成了无数小片,再过一会儿,那些小片就会进了猛鲑的肚子。

据说,在大约5000年前,猛鲑并不属于锯齿鱼类,它的身体像一把刀,却没有刀锋。它们性情温驯,对其他鱼类没有攻击性,主要以浮游生物和一些海藻类植物为生。可是,它们常常遭到其他食肉鱼类的攻击。

为了生存下去,它们只得学习快速游动身体,四处躲避那些食肉鱼类的方法。由于游速加快了,虽然危险依然存在,但总能让生命得到保全。可是受伤是免不了的,每次被咬伤后,猛鲑的身上便缺少了一块肌肉。

尽管每一次受伤都令猛鲑疼痛难忍,但它依然顽强地生存着。

伤口多了,猛鲑居然全身都变得坑坑洼洼的,远远望去,就像一把锯一样,长满了尖尖的锯齿。

慢慢地,猛鲑身上的伤口不但真的变成了锯齿,而且十分锋利,那些食肉鱼类见了它,不但再也不敢随意攻击,而且躲得远远的,生怕被它的锯齿所伤。如今,猛鲑已被人们正式冠上"锯齿鱼"的称号,而它也由原来的弱者变成了海洋中的强者。

(图/兜子)

黑色：威信与力量的象征

□ [日] 内藤谊人 译/赵 萍

想必你也听过新西兰橄榄球代表队的"全黑队"吧，就是那支因赛前表演"哈卡舞"（Haka）而闻名的豪门劲旅。

哈卡舞，本是传入土著毛利族的一种波利尼西亚舞蹈，作为战斗前对对手的一种威慑，为全黑队所采用。

一边高声叫喊，一边炫耀自己肌肉发达的身体，同时向对手怒目而视，这样的情形有一种压迫人心的力量，即使不是与之对阵的队伍，也不禁心惊胆寒。

这个全黑队的队服自然是黑色的。黑色有一种效果，可以更加强化穿着者的力量。

康奈尔大学的马克·弗兰克博士收集了全美四大体育赛事的 NFL（美式橄榄球）和 NHL（冰球）的队服，调查哪种队服看上去更具实力。

结果是，黑色队服力压其他颜色，得到了"看起来很强"的评价。

另外，实验还同时调查了1970年到1986年间的犯规记录，发现黑色队服的球队犯规更多。即，黑色可以使人更具攻击性。

因此，想使自己看起来更强悍时，应该选择穿着黑色。

"今天的交涉中我要积极进取""这场比赛绝对不能输"……这种时刻，穿着深色套装或者黑色衣服，会提高自己的势头，并且给对方造成更大的压力。

即便是软弱的人，也可以通过穿着黑色服装达到这一效果。所以，好好利用颜色的力量吧！

（图/兜子）

真正的远见

□李尚龙

里克·雷斯科拉是世贸大厦南大楼的一位办公室安保主管,此前的越战退伍上校。1993年,他经历了一次地下停车场爆炸,对逃生的重要性深有体会。于是,他每年都安排全公司的员工做两次"紧急逃生演习"。

很多人都抱怨,说他戏真多,事儿真多,当个领导太把自己当回事。

但在他的坚持下,公司还是同意每年让他安排两次全体员工执行演习的机会。这样的训练,持续了八年,当然,八年里,抱怨从来没有停过,大家抱怨浪费了自己的时间,抱怨没意义的紧张。

谁也没想到的是,2001年9月11日,恐怖分子的飞机袭击了世贸大楼,瞬间周围一片火海。大家手足无措,像热锅上的蚂蚁,惊恐着、嘶喊着。混乱之时,雷斯科拉拿起了扩音器,组织员工立刻按照演习逃生。结果,第二架飞机在十七分钟后撞击时,他已经指挥两千五百人逃离了现场。

可惜的是,雷斯科拉再次回到南大楼救援时不幸遇难,离开了这个世界。

后来,有人把他的事迹改编成了一出音乐剧,这部音乐剧叫《战士的心》。

如果没有雷斯科拉的远见,这两千五百人恐怕就性命难保了。最后时刻,是那些抱怨的人救了大家吗?是那些指责别人的人救了大家吗?都不是,正是那些有远见的人,救了大家的性命。

真正的远见,常常与现实相悖,常常不被人理解,那些远见,却着眼未来。

(图/孙小片)

刺

□ 刘继荣

从前，我喜欢小孩。

我觉得，一句香软甜糯的童言，即可逗笑全世界的花儿；一个稚拙诚恳的飞吻，足以抵得过春风十里，直教山明水秀，时光潋滟。

做了母亲之后，我终于知道：可爱小天使会当街打滚，无理哭闹；会一整日不吃东西，或无节制地吃到胃痛；会努力将小手指塞进电源插座，试图替自己充电。

我化身抢险队员，东扑西救，疲于奔命。我不懂：钻石也不过五十八个切面，幼儿为何会有一千种莫名其妙的行为？我不禁羡慕起妈妈，在她口中，幼时的我，给她最多的是快乐、慰藉与勇气，而不是疲惫、无奈与困惑。

小东西好不容易睡着，我呼叫火警一般，拨通母亲的电话，历数女儿的种种顽劣，并哽咽发问："同样做母亲，为何您遇见的是玫瑰，我遇见的是刺？"

沉吟片刻，老人家温柔回应："你四岁时玩火，差点烧掉整个家；五岁时藏在屋顶睡觉，让家人哭着寻找一夜；到了七八岁，拒绝听大人的任何意见……"

握着话筒，我的汗涔涔而下，脸颊发烧，讷讷无言。

母亲说："刺，也是玫瑰的一部分。"

当年，如果妈妈只见到刺，那满园玫瑰也只不过是一片荆棘丛。原来，有慧眼，才觅得到玫瑰的明艳；有慧心，才嗅得出玫瑰的芬芳。

（图/豆薇）

特殊的重逢

□江东旭

李秉权是云南神经外科奠基人。

晚年,李秉权动员妻子胡素秋死后进行遗体捐献,妻子爽快地答应了。

然而,其他家属对此表示反对:"遗体捐了,让后人去何处祭拜?"但李秉权的态度十分坚决,他回忆起自己读大学时,由于时局动荡,教学标本极少,只能和同学顶着被日机轰炸的危险去乱葬岗找无名尸骨做医学标本。

他说:"我做了一辈子的医生,死后这副皮囊还可以为医学做一些贡献:学生在我身上练熟后,病人就可以少受些痛苦;解剖切完用完之后,再做成一副骨架,供教学使用。"

2005年,李秉权去世,遗体捐献给了昆明医科大学。

十年后,作为云南妇产科专家的胡素秋也走到了生命尽头,她同样将遗体捐献给昆明医科大学。

她在遗嘱中说:"眼角膜、皮、肝、肾等供给需要的病人,最后再送解剖。"

2019年9月25日,在学校的安排下,这对医学伉俪"重逢"了。

他们的骨骼标本被安置在一起,"肩并肩"站在昆明医科大学生命科学馆入口处的屏风前。

一个学生深有感触地说:"两位教授无私奉献的精神,让我们感受到医者的情怀,也明白了生命的意义,那就是:死亡不是终结,而是另一种开始。"

(图/张翀)

爱是那个总能辨认的声音

□王秋珍

钱学森到了晚年,听力下降,旁人要和他说话,往往要附在耳边大声说。可是,只要是夫人蒋英的声音,再微小他都能听见。

当时他住在医院,电梯口离病房还有十几个房间。

只要蒋英一从电梯里出来,钱学森脸上就会扬起幸福的微笑。

96岁的饶平如在妻子毛美棠去世后,画了300多幅画。

看着这18册"中国最美的书",饶平如仿佛听见妻子在和他说话。

他们异地22年终于相聚,平时靠1000多封家书传递真情。

可他对妻子的声音非常熟悉。毛美棠去菜市场买菜回家,饶平如老远就能听出来,马上起身去门口迎接。

我的婆婆80岁后耳朵就很背了,她看电视时把声音开得很大,可她还说听不清。奇怪的是,只要公公和婆婆说话,婆婆就能做出正确的反应,没有一点儿沟通障碍。于是,我有什么事要和婆婆说,就告诉公公,让他转达。

我问公公这是什么原因,公公幸福地笑笑,没有回答。

爱情莫非有特异功能?

雨果在《巴黎圣母院》中说:"爱情是什么?是一个男人和一个女人合成一个美丽的天使。"

天使的美,美在她的善解人意。相知相爱的夫妻,在岁月的磨砺中,有了爱情的默契。因此,当耳朵已不再灵敏,它依然能感知爱人的声音。

彼时,听出声音的不是耳朵,而是那颗相爱的心。

(图/张翀)

忍为众妙之门

□周国平

我们终于发现,忍受不可忍受的灾难是人类的命运。接着我们又发现,只要咬牙忍受,世上并无不可忍受的灾难。

古人曾云:"忍为众妙之门。"事实上,对于人生种种不可躲避的灾祸和不可改变的苦难,除了忍,别无他法。忍也不是什么妙法,只是非如此不可罢了。不忍又能怎样?所谓超脱,不过是寻找一种精神上的支撑。

当然,也有忍不了的时候,结果是肉体的崩溃——死亡,精神的崩溃——疯狂,最糟则是人格的崩溃——从此萎靡不振。

如果不想毁于灾难,就只能忍。忍是一种自救,即使自救不了,至少也是一种自尊。以从容平静的态度忍受人生最悲惨的厄运,这是处世做人的基本功夫。

张鸣善《普天乐》:"风雨儿怎当?风雨儿定当。风雨儿难当!"这三句话说出了人们对于苦难的感受的三个阶段:事前不敢想象,到时必须忍受,过后不堪回首。

人生无非是"等"和"忍"的交替。有时是忍中有等,绝望中有期待。到了一无可等的时候,就最后忍一忍,大不了是一死,就此彻底解脱。

生命连同它的快乐和痛苦都是虚幻的——这个观念对于快乐是一个打击,对于痛苦未尝不是一个安慰。用终极的虚无淡化日常的苦难,用彻底的悲观净化尘世的哀伤,这也许是悲观主义的智慧吧。

对于一切悲惨的事情,包括我们自己的死,我们始终是又适应又不适应,有时悲观,有时达观,时而清醒,时而麻木,直到最后都是如此。说到底,人的忍受力和适应力是惊人的,几乎能够在任何境遇中活着,或者——死去,而死也不是不能忍受和适应的。到死时,不适应也适应了,不适应也无可奈何了,不适应也死了。

(图/熊LALA)

付费买时间

□成 甲

有人问我："你有家创业公司要管,还要写书,时间怎么安排得过来?"

办法用了很多,很重要的一个就是我想办法花钱买时间。比如,为了增加反思的时间,我出门不自己开车,而是找代驾或者打车。我没有喝酒也要找代驾,目的是抽出时间来处理适合在车上完成的工作,从而节约出学习的时间。

有一次,在晚高峰的时候,我从通州打车去海淀。司机好奇地问我:"旁边就是地铁站,几元钱就过去了,为什么要在这个堵车的时间点打车呢?"我说:"我要在车上睡觉。"

挤地铁表面上看很便宜,但加上时间成本就很贵了。本来我工作一天已经很累了,再挤地铁回去,到家就更累,然后我晚上就什么都不能做,需要早早休息。打车虽然表面上看起来贵,但是这段时间我可以恢复精力。如果睡醒了,车还没到达目的地,我还可以在车上处理其他事情,节约了时间仍然很划算。

再比如,我的同事很好奇,为什么我在有平板电脑、笔记本电脑的情况下,又买了微软笔记本电脑。那么多电脑,用得过来吗?

我买微软笔记本电脑有两个原因:一是在车上以及其他需要等待的时间里,我都可以用手绘草图的方式思考问题;二是我的草图记录可以随身携带,不需要我花太多的时间去寻找过去的记录。

花钱购买能够帮你省时间的工具,是最划算的投资。

同样,如果有我很喜欢的专家谈论我关心的话题,明知过一段时间会有便宜的电子视频,我可能也会花钱去现场。我认为要了解对自己有价值的人和观点,现场感以及获取信息的速度都很重要。

所以,付费买时间也是提升学习效能的一个重要技巧。

(图/麦小片)

努力要得法

□梁凤仪

绝大多数人在工作岗位上都是从低层爬到高位的。

除了命运之外,还有更大的因素是自我的努力。晓得如何去努力,就是成功之道。

我今天写一个现成的实例,告诉读者们一个在我司工作十年、忠心耿耿、非常勤奋的同事,就是她努力不得法,我无法在今年年底给她升职。

每逢我出差海外,一定发给全公司一份指引,其中一条就是:不要管时差,有事请随时打电话给我。

这次去美国,香港是下午,美国刚好是半夜。

我的手机永远在床头,并不关机,同事任何时间都可以找到我。

一天,凌晨三点电话响了,该同事打电话来,报告:"我们替你约好了在你回到香港后一个星期,跟一班业务人员的会议。"

我听傻了,回应说:"好。没别的事了吗?"

对方说:"没有了。"

我就挂断了线。

十多天之后才发生的事,是否可以再等待几小时以后才打电话通知我呢?为了这件事而不把我吵醒,会导致严重后果而不能补救吗?打电话时有想过时差问题吗?

作为高级职员,判断能力是其中一种不能欠缺的条件。任何行动之前,总要经过缜密的考虑、推论、策划。非但不能单一地去考虑问题,更要全面性、多方位地去衡量得失。

故此,勤奋重要之余,心细思考,努力行事也是顶关键的。

(图/张翀)

两千年的时光

□叶孝忠

把鞋子脱了,寄存在寺庙前的柜台,赤脚进入大庙的范围。

石地板贪婪地吸收了一个中午的阳光,已经变成了热腾腾的铁板。

只走几步路,脚板就受不了了,得赶紧找块草坪休息。我真后悔为什么把袜子也脱了,由门口到大庙的菩提树才不过几十米,却感觉怎么走都走不到。倒是身后的一群人,比较淡定,走得从容。注定要难走的路,如果还带着痛苦的表情,就自然更不堪了,不如怀着一颗谦卑的心轻松自在,反正我们每个人通往的目的地都一样。

短短的一段路都可以是一场考验和修行。

守护着一棵树,等于守护着那些叫人向善的教诲,在乱世中,是一个多伟大而卑微的使命。

菩提树下的庭院里坐满了人,一个父亲带着女儿绕着菩提树走一圈,告诉她关于菩提树的所有故事,信仰和生命就这样传承下去。

两千年,两千年的时间就这样被蒸发了。我站在菩提树下,无法言语。这是一场缘分,能站在两千年还能存活下来的菩提树前,听着巴掌般大的菩提叶在风中鼓动,发出细微的声响,一片枯叶在我面前飘落,一切已结束还是将要开始?对生命的尊重,对信仰的坚持,真正能剥掉时间的张牙舞爪,就是这些吧。

这一刻,我只能心存感激。

(图/兜子)

喜爱这世界

□罗 兰

最后的成功似乎是永远不可企及。

人无论已经有了多大的成就,他总还是要追求更高更远的。

成功目标的远近和人的智识程度、能力范围成正比,而且互相推移。

你的智识与能力向前推动着你所追求的目标,而在这追求的过程之中,为了达到这目标,你的智识与能力就一定在不断地增进。

你永不会满足于你的现况,你永远觉得有更好的目标要追求,你永不会觉得你目前的成就已是巅峰。但这也正是人生乐趣的持续。

你或许会问:"难道说,我就永远向上攀缘?何处才是我愿永远停留的某一峰顶?"

事实上,你没有办法永远向上攀缘;你不能也不必永远停留在某一峰顶。

有一天,你会倦旅,你会希望归隐田园。那时你会发现,你一生中最绚烂的时刻不是攀升至任何的峰顶,而是到达了那一峰顶之外的另一片广阔宽朗、花木繁茂的沃野平原。

在那里,你才开始享有宁适平和的人生,而真正欣赏和喜爱这世界。

(图/孙小片)

上比与下比

□黄永武

古人早说过：当你骑的是一头笨驴，羡慕别人骑的是八尺的肥马，别人步轻蹄快，很快就超越到你的前面。这时你只要回头看看，还有赤着脚趾、挑着重担，远远跟在后头的樵夫，你就气愤全消。

但是有人偏不这样看，姚合有一首诗道："晓上上方高处立，路人羡我此时身。白云向我头上过，我更羡他云路人！"

原来自己在上方立着，正受到脚下路人的羡慕，哪知一阵白云从高处飘过，想青霄的云路上更有飞黄腾达的人，使自己原先的得意，霎时化为乌有，心里全不是味道，姚合这样的人，真是何苦呢？

所谓"人比人，气死人"就是指姚合这一类喜欢"往上比"的人。古来的圣哲教人"见贤思齐"，何尝不主张"往上比"，不过往上比的是"精神、品德、学问"的层面，这方面的浅深高下，自己不该不明白，精神的天空是无穷的，鸡群中的鹤，虽然卓然独立，但是飞得高的还有鹄，鹄之上还有大鹏，其上更有千仞的翔凤。精神的层面，只有智者会自觉太少，愚者才自觉太多，觉得太少的所以智慧日增，觉得太多的所以愚蠢日甚。

至于"物质、欲望、境遇"的层面，最好"往下比"，骑驴者的内心有余裕，就是智慧。不然八珍九鼎，仍不满足于甘饴适口；满身锦绣，仍不满足于光彩耀眼；欲海溺人，将永远惶惶然感到欠缺不够的。所以这层面，自觉够的智者，能安分知足，是真正的富有；常觉不足的愚者，日夜营营扰扰，是永远的贫穷。

德业方面不满足，才有进步；物欲方面能满足，才有幸福。清代的刘因之，在《谰言琐记》中提出"学业上比，境遇下比"的想法，是处世的金针，他说：

"处学问取上等人自厉，则终身无有余之日。处境遇取下等人自况，则随地无不足之时。"

（图/熊LALA）

为什么我们喜欢和自己相似的人

□罗辑思维

我们究竟更喜欢和自己性格相似的人还是性格互补的人呢？一项发表在《社会和个人关系》杂志上的研究指出，在刚开始接触时，我们会更喜欢和自己相似的人。

研究人员邀请了174名之前互不相识的本科生成对地进行交流。在见面之前，学生们完成了一份关于他们性格和喜好的问卷。然后，研究人员向他们提供了互动伙伴完成的问卷答案，让他们了解对方的性格和喜好，但事实上，这些问卷答案都是研究人员虚构的。

结果显示，人们更喜欢和自己有着更多共同点的互动伙伴。有趣的是，这些相似性，取决于参加实验的人自己的感知，而不是问卷提供的虚假答案。

研究人员进一步调查总结，我们之所以容易喜欢和自己相似的人，主要有以下五种心理原因。

第一，我们在和观点相似的人交流时，会对自己更有信心。如果你喜欢爵士音乐，那么和爵士乐爱好者聊天会让你相信喜欢爵士乐是对的，甚至可能是一种美德。

第二，我们通常对自己的评价比较正面，因此，如果我们了解到一个人与自己有共同点，这会让我们对他有比较好的第一印象。

第三，被人喜欢的确定性。我们常常会假设，和我们有很多共同点的人更有可能喜欢我们。

第四，有趣和愉快的互动。当你和对方有很多共同点时，和他聊天互动会更有趣。

第五，自我成长的机会。研究表明，和相似的人交往，我们更容易从对方那里获得新的知识和经验。

研究人员补充，这项研究有助于我们理解，为什么相似性可以让人们在刚接触时对彼此印象良好，但是，相似性在长期关系中的重要性还有待研究。

（图/木木）

冰做的输油管

□任万杰

1957年,日本南极探险队在队长小泽大带领下,第一次准备在南极过冬,便设法用运输船将汽油运到越冬基地。由于准备不充分,在实地操作中发现输油管的长度根本不够,又没有可以替代使用的管子。

有人说从日本运来新的油管,可是大家算了一下时间,需要近两个月,不要说时间来不及,如果就这么等着,大家全得冻死。

有人说那我们回去吧!可这次出来可以说投资金额太大,如果现在就回去,他们就是民族的罪人。

可是现实告诉他们这样耗下去,后果很严重,怎么办?

这下把所有队员给难住了。

这时候,小泽大突然提出一个很奇特的设想,他说:"我们用冰来做管子吧。"大家一愣,然后都说好,冰在南极是最丰富的东西,但怎样使冰变成管状呢?不能凿也不能靠融化,大家原本激动的心情立刻冷却下来。

小泽大看了看大家说:"我们不是有医疗用的绷带吗,就把它缠在铁管上,上面淋上水让它结成冰,然后拔出铁管,这不就成冰管子了吗?"

实验结果出奇地好,就这样一个出其不意的点子,把陷入僵局的探险队拉了回来。

生活没有绝对的顺境和逆境,有的只是解决问题的办法是否正确,这是思维智力的体现。

(图/蝈菓猫)

为快乐列表

□［美］梅特卡夫 译/孙宝成

在从事临终关怀工作时，我从一个年轻人身上学到了一种有效地培养快感的工具。

我最后一次见到这位年轻人时，他交给我几张纸。他说："我死后，请把这个交给我的爸爸和妈妈。这里列出了所有我们在一起开心和大笑的事。比如那次爸爸开车送我们参加化装舞会，我们全都打扮成一块块的水果。爸爸因为超速被迫在路边停下，执勤的女警察看看车里，笑着问：'你们这是去哪里？到水果沙拉店吗？'她没给我们开罚单，而是说：'走慢一点儿。我不想看到你们在高速路上被挤成水果酱。'"

他列出的6页表单中含有一张写给父母的字条，上面说他不想让他们只记住他生病的模样。

他要求他们也想一想那些欢乐的好时光，因为那才是最值得他们记住的关于他的事。

为快乐列表，是在生活中养成达观性情的简单办法。每逢遇到感觉良好的事情时，把它记在本子上，觉得压抑时找出来读一读，会开心很多。

我第一次为快乐列表时，只写了短短的三行。所以，我每天都寻找荒唐可笑、令人捧腹和有趣的事情，八年后，我列出的条目增加到三百条。

（图/吴敏）

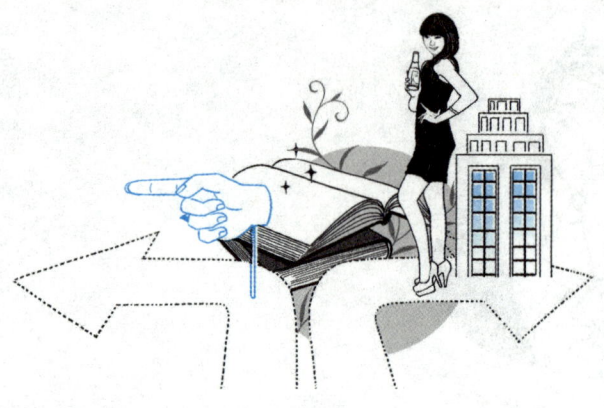

包浆

□王 伟

认识一名足疗师，曾受邀为新丝路模特大赛的参赛选手按摩保健脚部，经他双手护理的，不乏后来跻身国际超模行列的于娜、刘雯。聊起那段经历，他反复说："你别看模特在T台上光鲜亮丽，万众瞩目，脱下鞋子，那双脚却是伤痕累累。"

他解释说，现在的年轻人出门坐汽车，进门乘电梯，购物上淘宝，吃饭点外卖，很少有走远路的，一整天下来，大多数人甚至连3000步都走不到。可是模特的基本功就是走路，而且还是脚踩高跟鞋，颤巍巍地练习猫步，每天不少于2万步，相当于步行15公里。无论练习还是走秀，模特为了防止脚底打滑是不能穿袜子的，摔跤、崴脚、抽筋就不说了，光是每天在鞋子生硬的磨削下，缺乏保护的脚部磨出血疱、长出鸡眼是再正常不过的事。

刚入行时，模特挑血疱、挖鸡眼还会疼得龇牙咧嘴，慢慢地，习惯过后就有钝感了，因为脚趾、脚背、脚踝和脚跟都磨出了老茧。这些老茧破了又磨，磨了又破，周而复始，脚部的骨骼和肌腱变得坚实而又柔韧，脚掌打磨出半透明的皮壳，在汗水的浸润下泛出幽幽的包浆光泽，沉静厚实、含蓄豁达。

模特吃的是青春饭，职业生涯极其短暂，很少有人干过25岁的，即便如此，想要在这行崭露头角，最起码得花上3年时间。试想一下，一年365天，每天走2万步，只有春节才能休息3天，1年下来就要走727万猫步，然而，高跟鞋从圆头换成尖头，从粗跟换成细跟，从5厘米跟换成10厘米跟，这是什么样的体验？T台不是讲台，包浆不会说话，个中滋味，苦乐自知。

要受用多热烈的掌声，就要受多大的罪。哪怕只是短短几秒的绽放，也要完成打磨包浆的嬗变。

（图/豆薇）

绝壁求生的独根草

□黄淑芬

在我国辽宁、河北和山西等地大山里的悬崖峭壁上,生长着一种叫独根草的奇特绿色植物。每年的初春时节,它都在怪石嶙峋、土壤极少、环境恶劣的悬崖上开出鲜艳欲滴的花朵,为荒凉的悬崖峭壁增添了一抹亮色。

独根草,又名岩花、小岩花,多年生草本植物,高10~25厘米。独根草的生长环境很独特,它们多生于海拔590~2050米山谷两侧悬崖峭壁的石缝中。独根草的花期来得很早,每年四月,北方的冰雪刚刚融化,乍暖还寒,独根草就已经按捺不住性子,绽开了鲜艳的花朵。

都说先有叶,才有花,可独根草偏不按常理出牌。它有一个十分神奇的特征,就是先开花,后长叶子。等到艳丽的花朵开完凋谢后,它才会长出一片大叶子,花朵和叶子永远不会有相见的那一日。独根草为什么要抢先开花呢?它有什么秘密呢?

经过13年的连续调查和研究,植物学家终于破解了独根草先开花后长叶的秘密。独根草之所以抢先叶子一步开花,是因为早春开放的山花数量较少,独根草一花独放,来吸引蜜蜂等昆虫吸食花蜜,才得以争取到更多的授粉机会,以繁衍生息。如果再等一两个月,山地上开满了梨花、桃花等鲜花,哪还有昆虫来到悬崖上"光顾"独根草不太大的花朵呢?原来,先开花后长叶的独根草,认清了自己身处悬崖的不利形势,发现只有抓住机遇,抢占先机,抓住授粉机会,才能繁衍生息,立于不败之地。

生活中,当环境恶劣、困难重重,为了生存,我们拼尽全力、头破血流地去争取时,不如认清形势,抢占先机,抓住机遇,才能事半功倍地获得最后的成功。

(图/张翀)

如何告别青春

□[匈牙利]马洛伊·山多尔 译/舒荪乐

要愉快地告别青春。

不要哭天抢地、感性悲伤，迷茫得像个脆弱的爱哭鬼那样，垂头丧气、热泪盈眶地注视着渐行渐远的青春，手向它挥别，用充满自怜的感性而颤抖的嗓音哀怨道："哟，青春啊！你消失了，快乐的青春啊！"不准这么跟青春道别。

要愉悦地、精神饱满地欢笑着与青春告别，就像同一位不靠谱的同伴告别那样。应该说："你走吧，青春。看着你离去，我不会悲伤。曾经这么年轻也不见得有多好。年轻充满混乱、朦胧、渴望、懵懂、虚幻的概念，甚至有更虚假的幻想、欲望和恐惧，使我们在激烈的竞争中落后。

当我们与某个人挽手结伴时，会产生多少误解啊！而恐惧，使我们错过了更真实的他者！年轻时渴望的名声，当它真正来临时，早已改变了模样，变得更为可疑而多变。而当世间的美好闯入生活时，又会无可救药地沾染上人类忌妒的恶习。不，应该不留遗憾地告别青春。

曾经头脑发热，处于兴奋与脆弱的妄想状态。

而现在，当青春离开时，我要欣然转向另一片开阔的大地。

如今，我就是我，从头到脚都是。不完美、不聪敏，也并非完全正确。但我已开始怀疑，什么才是真理？我的身体已不比从前，但我的思想却更为犀利。不会再有失望，更多的是惊喜。"

你应该说："感谢上帝，青春期终于结束了。"

（图/张翀）

花儿多了不长瓜

□赵盛基

初春,我来到老王种植的大棚,大棚里种的是清一色的黄瓜。正赶上花期,细长的蔓上开满了黄色的小花,打眼望去,黄澄澄的一片。

我兴奋地问老王:"这么多的花,得结多少黄瓜啊!一定会丰收高产吧?"

老王笑呵呵地说:"那可不一定,花太多是不会结出好瓜的。所以,不是每朵花都要保留的,很多花都要被掐掉才行。你往里看,那里不是有工人正在疏花吗?"顺着老王手指的方向,果然看见大棚那头有人在摘除一些黄瓜花。

我知道一点儿疏花的道理,但还是惋惜地说:"多可惜啊!这么漂亮的花。"

老王似开玩笑又一本正经地说:"你还是个怜花惜玉之人呢!只是这花不是用来观赏的,而是用来长瓜的,所以再漂亮也要舍得掐掉。初学种黄瓜那年,我也与你差不多,看着枝蔓上开了那么多花,喜欢得很,怎么也下不去手掐掉,索性见花就留。结果,无可奈何花落去,等来等去不见瓜。等我明白过来,黄花菜都凉了。那一季,我几乎颗粒无收。原因是,前期开花太过茂盛、密实,消耗了大量的养分,结果后劲不足,造成后期歇秧,怎么还能长出好黄瓜?"

停了一下,他接着说:"后来,我得到了蔬菜专家的指导,再也不怜花惜玉,总是大刀阔斧、不失时机地掐掉多余的花,即使已经结瓜了,如果太过紧密,我也会毫不犹豫地摘除一些,给留下的瓜腾出足够的生长空间。"

老王边走边说,他对比着已经疏过花的瓜蔓和没疏花的瓜蔓让我看:"你看,这些是不是明显少了很多花?"

的确,相较于那些还没疏花的瓜蔓,疏花后的瓜蔓景色有些淡了。我没有回话,但心已开悟。观光赏景,我们总是欣喜于花的海洋;至于生活,花并不是越多越好。

(图/蝈菓猫)

雨后

□陆 苏

雨后，天高了，小村高了，树也高了。

刚刚的一个闪电，是上天俯身按下的一次快门吧。而此刻，也许就是刚冲洗出来还未晾干的那张相片。

每一片叶子都带着光，每一片叶子都像是穿上了合身的绸缎袍子，珠子一样的时光从叶面上一颗颗滚落，滚入了路边的草丛，滚入了院里青石板的细缝，也滚入了雨后每一寸香气绵密的栀子花的黄昏。虽然听不到声音，心里却有很大的回响。擎一盏清茶，对着如黛远山，也会喝出微醺酒意。

午后刚开的南瓜花妆都花了，小黄脸蛋皱皱地耷拉着。

小风吹呀吹呀，那花朵就又支棱起来，像一架安在藤上的微型留声机，好像随时都会上紧发条咿咿呀呀地唱出声来。唱的会是爸妈喜欢的越剧吗？

晾杆上的衣服都逃回了家，空空晾杆上面只剩一滴耳坠子似的雨水和晚来的明月清风。

露天的水缸满了，千里迢迢赶来的雨水在缸里坐躺随意地歇着，手上托着一片天。

一只蜻蜓在微湿的缸沿上踮起脚尖，像一把小小的琴，乐声纤细绵长地悠扬在水天之上。

所有的尘埃都回到地里，深绿浅绿漾出地面，很多看不见的花朵散步在枝丫的阡陌里。

炊烟窈窕，空气微甜，草木生香。白米黑炭，铁锅柴灶，方桌长凳。简单的生活，贵重的安宁。

真后悔没去雨地里，和墨绿的辛夷一起，和青绿的藤蔓一起，接受雨水的恩泽，然后，也闪闪发亮。

谁也不欠你的

□平原马

人总是习惯于寻找心理上的某种匹配。

小说《飘》中，斯嘉丽是塔拉庄园的富家小姐，艾希礼是十二橡树庄园的公子哥儿，在斯嘉丽看来，他们俩才是最匹配的婚姻伴侣。所以，当艾希礼意外地宣布要娶另一个女孩梅兰妮时，斯嘉丽无论如何也想不通。因为，在她看来，艾希礼应该娶的人是她啊。

这个世界，多少人痛苦，只是因为心底深埋着两个字：应该。

这笔钱，本应该我得，却进了别人的口袋；这个职位，本应该自己拥有，却被他人巧取豪夺；这份荣誉，按道理无论如何也不会旁落，却最终与己无关。每个人都在"应该"中找到了自己，却又在每一次失落中迷失着自己。

人要活在自己的心理预期里，这是一种匹配暗示。但生活不总会给自己所预期的，这是一种无果回应。

于绝望处，可以看到痛苦和愤怒，也会看到深执和狭隘。

生活不会按常理出牌，意思是想告诉所有人，这个世界，没有那么多"应该"。一个人把"应该"当成一种逻辑，实际上很不应该。

人生所有的结果，有的是命运强加的，有的是自己逗惹的。

太阳东升西落，看似每天重复，却在重复中包含无限可能，甚至还包含某种神奇。

也许，有人并不情愿接受莅临于自己的种种。但生活不会因为谁的喜恶，而改变了已有的可能。已经到来或尚在路上的事，无所谓对与不对，岁月会以自己的方式，解释其中的必然性和合理性。

以此，让每一个人看到时间的公正、博大与不可抗拒。

这个世界，谁也不欠你的，也不存在"应该""不应该"。有时候，淡然是最好的接受。

（图/蝈菓猫）

为你结个小小的网

□ 郑海啸

E.B.怀特的《夏洛的网》我们都很熟悉。在朱克曼家的谷仓里,快乐地生活着一群动物。小猪威尔伯和蜘蛛夏洛建立了真挚的友谊。然而一个坏消息打破了谷仓里的平静:威尔伯在圣诞节将会被人杀死,做成熏肉火腿!看似渺小的小蜘蛛夏洛却说:"我救你。"于是,夏洛在猪栏上织出了被人类视为奇迹的网上文字,这些文字改变了威尔伯的命运,终于让威尔伯赢得特别奖和一个安享天年的未来。但在这时,蜘蛛夏洛的生命也走到了尽头……

我国"结草"的典故也很动人。公元前594年7月,秦桓公出兵伐晋,晋军和秦兵在晋地交战,晋将魏颗与秦将杜回相遇,二人厮杀,正在难分难解之际,魏颗突然见一老人用草编的绳子套住杜回,使这位堂堂的秦国大力士站立不稳,摔倒在地,当场被魏颗所俘,使得魏颗在这次战役中大败秦师。晋军获胜收兵后,当天夜里,魏颗在梦中见到那位白天为他结绳绊倒杜回的老人。老人说:"我就是你把她嫁走而没有让她为你父亲陪葬的那女子的父亲。我今天这样做是为了报答你的大恩大德!"原来,晋国大夫魏武子有位无儿子的爱妾。不久魏武子病重,对魏颗说:"我死之后,一定要让她为我殉葬。"等到魏武子死后,魏颗没有把那爱妾杀死陪葬,而是把她嫁给了别人。魏颗说:"人在病重的时候,神志是混乱不清的,我嫁此女,是依据父亲神志清醒时的吩咐。"

人生在世,若能为自己感念的人,或是这个世界,结一个小小的网,虽然是最小的帮助,也是多么幸福。"丝窠缀露珠",也是一种美。

爱就是克制

□ 韩 寒

在路边吃拉面,听到身后一桌情侣聊天。聊着聊着不知道怎么冒出一句:"你这就是喜欢而已,真正的爱都是很克制的,因为喜欢才会放肆,而爱就是克制。"

我只想说,大家千万别被电影里的台词和各种人生格言给蒙蔽了。

我当时只是起床突发奇想,随手一写,图个押韵。那时要是写了"喜欢就是克制,但爱就会放肆"呢?

似乎也没有问题吧,在很多人身上,就是这么表现的啊。

人的性格各不相同,没有一种表象就一定呼应了一种事实。有人热情似火,有人暗藏心动,那都是爱与喜欢。

另外,有时候听到一句"喜欢"好像更心动些,全世界都是张口就来的"爱你么么哒"和"我爱你比心",一句羞涩的"我喜欢你啊"弄不好还藏着更多的爱意。

大千世界,万千境遇,感情更是说不清道不明,无须强行将它定义。

爱是浓烈,爱是淡然;爱是巨浪,爱是暗涌;爱是奋不顾身,爱是瞻前顾后;爱是每天说爱你,爱是从不说爱你;爱是你满世界疯狂地想知道那个人的消息,爱是你不愿看一眼那个人的任何消息。

爱可能是任何样子,不要让死板的句子成为你人生的标尺。

(图/木木)

落难的王子

□周国平

有一个王子,生性多愁善感,最听不得悲惨的故事。每当左右向他禀告天灾人祸的消息,他就流着泪叹息道:"天哪,太可怕了!这事落到我头上,我可受不了!"

可是,厄运终于落到了他的头上。在一场突如其来的战争中,他的父王被杀,母后受辱自尽,他自己也被敌人掳去当了奴隶,受尽非人的折磨。当他终于逃出虎口时,他已经身罹残疾,从此以后流落异国他乡,靠行乞度日。

我是在他行乞时遇到他的,见他相貌不凡,便向他打听身世。听他说罢,我早已泪流满面,发出了他曾经发过的同样的叹息:

"天哪,太可怕了!这事落到我头上,我可受不了!"

谁知他正色道——

"先生,请别说这话。凡是人间的灾难,无论落到谁头上,谁都得受着,而且都受得了——只要他不死。至于死,就更是一件容易的事了。"

落难的王子拄着拐杖远去了。有一天,厄运也落到了我的头上,而我的耳边也响起了那熟悉的叹息:

"天哪,太可怕了……"

相思鸟

□宋晶宜

我在鸟店,看见一种黄绿羽毛的小鸟,老板告诉我,那是相思鸟。

相思鸟,很美的鸟,有着美丽的名字和动听的叫声,我正想买一对回家,老板提醒我,最好买两只公的,他们才会因"相思"而频频呼叫。

人们多么聪明,也多么残忍啊!

我没有买下相思鸟,因为那叫声似乎忽然凄厉起来。

被安静吵醒

□林清玄

中午的埃及海边是极端安静的,那种安静超过人的想象,没有一丝风,空气也不流动,没有动物,一切都沉静着。

我坐在一个小茶摊前喝埃及茶,不知怎么就睡着了。突然觉得被什么事物吵醒,醒来后是无边的寂静,原来,我是被无可比拟的安静唤醒了。我睁开眼睛,这正是我看见的画面:一切都是无声的,卖茶给我的埃及人,在我睡觉的时候靠在断墙边休息了。

走过这片断墙,越过小沙丘,过去就是海了,海应该有声音呀!为什么如此寂静?于是,我把心沉静下来,果然就听见远方海浪有轻微的声音。

原来,声音是一种对应,在我们纷扰的心灵上,安静有时使我们不安,不安使我们听不见细微的声音。安静,真是争吵得厉害。

动物性和昆虫性

□李碧华

有些人活着,是"动物性";有些人活着,是"昆虫性"。

动物凶猛,弱肉强食,才能自保。而昆虫,六足四翅,折了翅断了足,历尽沧桑,仍在人间顽强生存,它没攻击力,只有无奈的保护色,和逃躲、回避、隐蔽的本能。但世上活得最长久、生命力最强壮的,你说是"动物"抑或"昆虫"?

别的不说:譬如"小强",原名蟑螂、学名蜚蠊,是地球上最早出现的昆虫之一,大约有四亿年历史。活到今天,还人气急升,简直可称"大强"或"巨强"了。当年一起行走江湖的恐龙,早已是化石,还支离破碎。"动物性"是阳,"昆虫性"是阴。有牝鸡司晨,雌威当道,但很多很多女性,手无寸铁,与生活中一切强权、强敌、强势抗衡,过了一天又一天。

你的本质是动物还是昆虫?——可能无法回答,因为必须经过试炼、考验,面临巨变,重要抉择,才可以认识自己。

人一向瞧不起动物和昆虫,骂人"衣冠禽兽"已给面子,"禽兽不如"则更不堪。

看过拥抱大自然的海豹、非洲象、浣熊、爱情鸟、海马、雄狮、环尾狐猴……多有型可爱,简单纯朴。它们相骂时,也可用:"连人也不如!"

康老子

□王鼎钧

"康老子"是宋代戏曲里面的人物,他把祖上留下来的万贯遗产完全败光,沦为乞丐。

仅剩的是一条毯子,白天披在身上当衣服,晚上盖在身上当铺盖,忍饥挨饿,受尽痛苦,对于自己从前的行为非常后悔。

有一天,一个波斯商人在街头碰到他,注意到他的毯子,发现这条毯子是用冰蚕的丝制成的,全世界没有第二条,堪称无价之宝,立即高价买去。

于是,康老子又有钱了,又变成富翁了,又可以挥霍享受了。

他在极短的时间内把这笔钱花光了,再度沦为乞丐,可是现在他没有毯子了,他在街头,被冻死了。人性中可悲的一面,意志薄弱的人会再犯以前犯过的错误,言语也好,行为也好,思想也好。或许这不是无知,而是明知故犯;最恶劣的行为不是犯罪,而是再犯。

这个故事,充满警告的意味,我们,不可不知,不可不懂。

一生从容

□林晚啼

每逢假日,总有许多青少年溜直排滑轮,还有一些教练免费指导。

教练的开场白是:"溜滑轮最重要的是要先学会跌倒,如果我们懂得跌倒而不受伤,就不会害怕跌倒,学会溜滑轮就很快了。"教练开始示范,高速跌倒时要如何翻滚,撞到东西时要如何闪避,失去平衡时要先保护重要部位……

接着,换学员练习跌倒。"一二三,扑倒!""一二三,前滚翻!""一二三,侧滚翻!""一二三,相撞!"

学跌倒学得差不多了,教练问:"还怕跌倒的,请举手!"没有人举手。"现在,可以自由带开,去溜滑轮了。"教练宣布。

于是,一群人往空旷的广场溜去,仿佛射出去的箭。

每次,看人学跌倒,总使我深有感触,因为人生和溜滑轮一样,一定会跌倒,不跌倒就不叫作人生!学会跌倒,不惧跌倒,才能一生从容。

人生最难知进退

□ 亦 舒

少年时，无忧无虑，无牵无挂，率意而为，毫无心机，哪里懂得察言观色，看人眉头眼额，管谁讨厌我们、嫌我们、瞧我们不顺眼，照样嘻嘻哈哈过日子。

成年之后，完全两回事，再这么着，就是悲剧。

进同退，对成年人来说，是江湖秘诀，所谓敌退我进，敌进我退，都要练熟练妥，否则，不知进退，不晓得知难而退，都会沦为丑生，万劫不复。

人家的脸色变了，笑容涩了，声音冷了，立刻要站起来告辞，青山白水，后会有期。

真正聪明的人，耳听八方，眼观六路，在这种情形没有发生之前，已经抱拳拱手，三十六计，走为上计。

只有笨人，懵然不觉，犹自纠缠不清、恋恋风尘、振振有词，没完没了，直至收到更直接的侮辱，滚下台来。

照说人若犯了众怒，应该是晓得的，感觉得到的。

俗语云"一叶知秋，闻弦歌而知雅意"就是这个意思，但太多太多当事人偏偏自闭心窍，视而不见，听而不闻，勇往直前，一意孤行。

(图/兜子)

小梦

□ 丰子恺

没有人确实知道：人从什么年纪开始有梦。不管美梦还是噩梦，不管是造梦的年华，还是过了造梦的日子，梦总会偷偷地，如一叶轻舟，荡入我们的生命里。尽管梦是如此易破，醒来却又如此无处追寻，但人绝不因此而不再造梦。

人已和梦结下不解之缘。你不要说："我早没有梦了。"

拈花微笑，是心与心的沟通，是大彻大悟。拈花小梦，该是宁谧安详，一派天真。

嘘！放轻一点儿，让这梦更甜！更愿你也有一个如此小小的梦！

怕麻烦

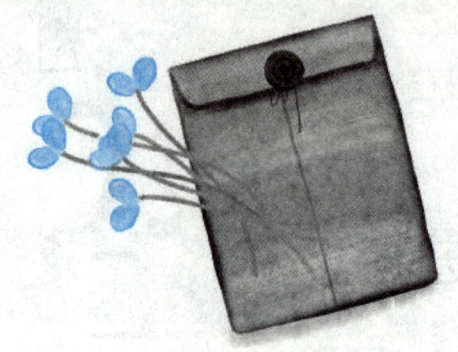

□马　德

怕麻烦，有时候就会有麻烦。

这麻烦不是你找来的，而是来找你的。因为怕，遇事就会显得畏首畏尾。因为畏首畏尾，麻烦就觉得有机可乘。

相对一个强横的人，懦弱的人给予麻烦本身的麻烦会很少。简言之，制造麻烦的人所需要付出的成本很低。

麻烦欺软怕硬。这不是劝诫每个人都变得凶恶，而是在精神层面上，至少要有点儿适当的强悍。譬如，在人生的某个当阳桥头，你可以突然横矛立马，做一个猛张飞。

也就是说，在麻烦的世界里，你得有点儿不怕麻烦的精神。没事不找事，有事不怕事，这才是英雄肝胆和侠骨柔肠。

有一人，遇到一件麻烦事，一天到晚长吁短叹，惶惶不可终日。他问一个常被麻烦事缠身却还活得云淡风轻的人是如何调整心态的，那个人只回答了他一句话："你啊，经历的麻烦事还是太少了。"

苦不传人

□祁文斌

饭局上跟朋友聊天，朋友说："在艺术上，'乐圣'贝多芬是一位天才，而从世俗生活的角度上讲，他又实在是一个活得很苦的人，地位卑微，年轻时出现耳疾，四十多岁时完全失聪，感情屡屡受挫，终身未婚……"但是，有一点令人惊叹：自身痛苦不堪的贝多芬从来不把个人的痛苦带到作品中去，人们从他的音乐里感受到的，只有爱、愉悦、希望和力量。

不经意间，眼光便瞄到桌子上的一盘菜——酱烧苦瓜。苦瓜之苦，苦到极致，尽人皆知，但苦瓜之苦"不传他物"。清代学者屈大均在《广东新语》中这样评价苦瓜："杂他物煮之，他物弗苦，自苦不以苦人，有君子之德焉。"

与贝多芬相同，那些像苦瓜一样的人，苦己不苦人，是一种大格局、大气度。

微力不微

□林燕妮

朋友写来一信,一字一泪,她说:"我贫穷,我的婚姻从来没有快乐过,我没有亲戚,我什么都没有。"

对痛苦了一生的人来说,我回函写什么都帮助不大,最好付诸行动,跟她见见面,拉她参加我和其他朋友的活动。尽欢一日半日,至少可以稍解她孤困的感觉。

我相信人愈困苦,便愈感孤独无援,愈感孤独无援便愈自卑,愈自卑便愁怀愈不可解。我没能力改变她的丈夫,她的穷困,更没法替她变父母或者亲戚出来,唯有稍尽微力,给她一点点我自己,一点点我可以让她分享的情趣。

人在万念俱灰的刹那,并不需要全世界,有一个人肯关心一阵已经够了。

很多人只肯攀附权贵,碰下环境不如他的人也嫌拉低自己的身份,摆出不屑之色,我倒不知道他们有什么高贵之处。无水如何救火,这点我们都得明白,实际的定位是要争取一个的,自己站不稳,别人跳楼你都拉不住了。

站稳是很大的功夫,不累才怪,但自己累总好过令人累令人厌,给人一点点自信自尊,不是行善,而是其中包括有乐同享有难同当。而自己也是蛮高兴的,这才是生之热忱。

美丽与威慑

□李 羽

孔雀不仅在春天求偶时开屏,遇到敌人、受到惊吓时也会把羽屏打开。这时它的身体一下子扩大了许多倍,其尾羽上所展现出的100多个艳丽的"斑眼"使它成了一只多眼的怪物,敌人立时会被那些"斑眼"所迷惑,也就不敢轻举妄动了。

同一种东西,在朋友眼里是美丽,在敌人眼中却成了威慑。

爱挑理的人

□马 德

爱挑理的人是最累的,也是最忙的。他们整天锱铢必较,以不放过别人的方式,最后刁难了自己。应该这样,不应该那样,他们的矛头永远指向别人,因为他们认定自己永远对,他人永远错。站在始终正确的逻辑顶层,全世界仿佛都亏欠他们。顺理成章,他们也觉得自己是天底下最委屈的人。

跟爱挑理的人没法讲理。不是你的道理站不住脚,而是你永远赢不了他的狭隘。挑理的人本质上是自私狭隘的,一个人宽容的时候,才可以看到别人;狭隘的时候,只会在意自己。

生活在挑理的人身边,必然会累。你需要小心翼翼,揣摩对方的心思。问题是,生活像流动的河,你永远抓不准。最后,你在河里挣扎,他在岸上指责。

爱挑理的人未必有多坏,只是因为,心在倾斜的时候,本无正确的方向。

想

□亦 舒

想,是一种难受的感觉。

那个人、那件事如果就在眼前,也不用去想了,一定是半明半灭,得到与未得到之间,才会动用"想"这个字。心微微抽搐,喉咙略为干涸,眼神有点儿暗淡,神态带些无奈,想的时候,人会变得憔悴。

听中年人说起他年轻时候喜欢过的女子:"唉,想是想得来……"忍不住莞尔,但也十分了解那种苦处。后来相思渐成过去,也许狭路相逢,还会诧异当初怎么会去想这样的一个人。但是在彼时,却愿意以灵魂来交换。有什么是永恒的呢?我们居住的地方,不过是一个飘浮在宇宙某一角落,如灰尘大小的球体。

不过想的时候,很少能这样客观。一般会想得刻骨铭心,全神贯注,茶饭不思。时间过去,慢慢学会不大去想不切实际、虚无缥缈之事。

单单想吃想睡,容易多了,也确是享受,趁办得到的时候多做。

"你想怎么样"是句带有挑衅意味的话,回一句"想都不给想",是绝妙答案。多想无益,就此打住。

黑色雨伞

□于　坚

　　未来是美好的，这仅仅是因为我知道明天太阳会照常升起。或者阴雨绵绵，比如今天就是。但是我知道我的伞放在哪里。那把我几年前在英国一家百货商店买的女王牌黑色自动伞。

　　那天下了毛毛雨，英国总是在下这种雨。我买这把伞的时候，雨还没有下，我发现了这把伞，周身全黑，只有伞柄上的按钮是深绿色的。在英国你要买一把伞。在法国你要吃个羊角面包。在俄罗斯你要读契诃夫。我很喜欢这把伞，它的黑色不是那种狂妄、唯我独尊的黑色，有点儿悲伤。我刚走到商店门口，第一批雨点儿就落下来，我及时撑开了它。这种巧遇，一辈子恐怕也就一次。

　　未来总是某种永远没有当下的观念，未来没有身体，我不喜欢未来，我宁可撑着一把伞回到过去。未来的身体是过去给它的，它妄自尊大，因此从来不知道这一点。有本德国小说叫作《一把雨伞给这天用》，很好的小说。主人公是个专门为鞋厂试穿新鞋（用他的臭脚）然后报告脚感的试鞋员，真是好工作。

　　我试了一下这把伞，开关自如，但是只能胜任毛毛雨。此刻我在一把黑色的雨伞下，我的皮鞋碰到了一个小水坑，溅起了一点儿水花，它已经被夜晚澄清了。我不关心明天，现在我要去一家超市买些柠檬。我担心的是，下一个雨天找不到这把伞，我忘了它挂在哪里，如果三个月都不下雨，你就会忘了，人生总是被这种空虚不定期地袭击。

心灵与器官

□奇　士

　　德国作家黑塞写道："我的小伙子，舌头难道在咬你，肺难道在拧你？"因眼耳鼻舌四肢百骸中某一器官的满足，而将整体损害的事常有。

　　这是因心灵没发挥作用，乃至器官与心灵处于隔绝和对抗之中。

　　单一的器官只能收获浅显而褊狭的快乐，只有心灵的加入，才能享受生命的大自在。

补鞋匠的夏天

□张小娴

旧居附近有一位补鞋匠,他的"地盘"就是一条狭长的陋巷,他长年累月坐在一张小板凳上,低下头来替客人修补破旧的皮鞋。我不记得他的容貌,因为他的脸总是脏脏的,手也是脏脏的。那陋巷里,常常传来一阵阵旧皮鞋的臭味。

夏天的夜里,补鞋匠会脱掉上衣在那里边补鞋边唱歌,他是外省人,我不懂他唱什么。

一年夏天,他中了六合彩的安慰奖,奖金好像有几万块钱,自此之后,有一个女人常常来找他,说是拿鞋子来修补,但是很多时候,她都是站在那里跟他聊天,以她仅余的风情来勾引他。他带这个女人吃最好的东西,陪她买漂亮衣服,又和她去了一趟新加坡旅行。她戴着他买的金器四处炫耀。后来,他那笔奖金大概花得差不多了,那个女人也没有再出现,他又回到陋巷里修补破鞋。

那天晚上,我经过旧居,特意去看看他是否还在那条陋巷里补鞋,时隔这么多年,我以为他不在了,原来他还在那里。在闷热的夏夜里,他坐在一张小板凳上补鞋。我认得他在昏黄灯光下的背影,虽然老了许多,那个还是他。也许,在他的回忆里,他是拥有过爱情的,他是曾经离开过这条陋巷的,虽然最后还是要回来。

(图/HHYM)

蚕

□王鼎钧

蚕,经过蚂蚁一般的年代,毛虫一般的年代,木乃伊一般的年代,每一次都有突破,每一次突破都很痛苦。

它留下一种成品——有细致的纹理,隐隐的彩色,可以演绎成很长的条理,罗织成一大片一大片材料。蚕,一定要闷死在自己的框框里,它的作品才完美,倘若咬个破洞钻出来,那茧就没有什么可取了。一条蚕只宜结一次茧。

有没有一种蚕可以结了一个茧再结第二个、第三个呢?有,它的别名叫作"人"。

敏感

□平原马

敏感源于在乎。如果不在乎，一切也就无所谓了。

这个世界上有没有始终什么都不在乎的人呢？答案是没有。人是情感动物，也是欲望动物。抽离情感，就会活得没意思。没有丝毫欲望，也会活得没滋味。没滋味，身体就会枯槁；没意思，精神就会虚空。连庄子都说，能够逍遥游的人，凡俗的世界根本不会有。

基于此，人有时候敏感一点儿还是很正常的。但过于看得开，淡而冷到四平八稳，于灵魂，缺乏应有的谦恭和庄重。

有在乎的人，有在乎的事，人就会显得不那么从容了。这时候，无论多辽阔的一颗心，都会变得窄憋和浅狭。人在敏感时，会极度自私，也极度虚荣，自私让他十分在乎，虚荣又让他伪装得十分不在乎。

也就是说，表面上波澜不惊，心底早已翻江倒海。内心小小的天地里，不是担心得不到，就是担心配不上。

譬如，在爱情中，若遇到一个敏感的人，一定是遇上了真爱你的人。因为真爱，对方才会歇斯底里和疑神疑鬼。当然，这样的副作用也十分明显。敏感越多，狐疑也就越多。于是，不是成全了爱，就是毁掉了爱。

黄昏都是诗

□冯骥才

我喜欢逆光中的事物，它大块的黑影充满神秘，它夺目的局部燃烧着灿烂的生命。而最迷人的还是由于它大部分朦朦胧胧，含蓄而深远。

对于视觉事物，我不喜欢一目了然，历历在目，一览无余；我喜欢迷离状态，欲说还休，云烟遮翳，半睡半醒。思想的事物愈清晰愈美，视觉的事物愈模糊愈美。

黄昏也是模糊状态，故我爱黄昏。诗也是模糊状态，故我爱诗。

唯模糊才引发想象。

万花筒

□叶倾城

朋友的父亲去世,80岁老母独自生活。为此,她每周一定要过去两三次看望照顾。

我问:"为何不接过来一起生活?"

她说:"老人家不愿意。"

我默然,因为我理解这不愿意。她家只有两室一厅,如果接过来,老人势必要与正值青春期的外孙女合住。少年人会觉得没有属于自己的空间,老人何尝不是——"人生在世,能有一间自己的屋子",是最后的尊严。

年轻时候,会觉得钱没什么用,爱最重要,陪伴是最长情的告白。但随着年纪渐长,越来越理解钱的力量。为了爱而牺牲是美德,但建立在牺牲之上的爱,因这辛苦而污损变形,像烙着黑指印的馒头。

讲真,我不想要雪中送炭的爱,因为我不想身在寒冬,也不想你在。我更想要心安理得的爱,人生如锦缎,爱是上面最秀丽的一枝花。

门道

□子 衿

灵云禅师见桃花而悟道,人们听说后,纷纷效仿,争颂桃花,有人甚至将桃花当饭吃了五十年。张旭偶然看见,挑夫抢在公主出行的队伍前过路,从而悟出了草书运气的方法。如果自己也想有所成就,天天去山中看桃花,每日跟在挑夫后面等着瞧,就能瞧得出门道来吗?怪不得一有名家出现之地,人人争要签名,原来是想要得名家真传啊!

殊不知,灵云禅师见桃花前,已踏踏实实修炼了三十年,张旭看到挑夫过路时,书法已炉火纯青。见桃花,遇挑夫,都只是引线。厚积薄发,真正的门道还在日复一日的积累与修炼中。

永不气馁

□亦 舒

倔强之人,精力无穷,永不气馁。

上天十分公道,没有人可以拥有全部,各人分享快乐,他有的不一定是我要的,你做得到的事可能叫他徒呼荷荷,不必憔悴,不用艳羡。

应视快活心态如水门汀夹缝中长出来的小草,只要一颗细小种子,环境再恶劣,也能发芽成长。

要求降低一点儿是最佳灌溉,本来一无所有,途中获赠一粒水果糖,也应如获至宝,吃得香甜万分,人家是否得到整个巧克力蛋糕,管他呢。

笑声是阳光,友人中不乏大快活,烦恼谁没有,且撇一旁,大吃大喝,手舞足蹈,无须药物老酒帮忙,自然情绪高涨,笑个不停,每一次聚会,都乐不可支,值得回味。

毒药是爱同人家比:你住贫民区,我住贵族区,他出六本书,我有八十本,我长得美,她一如师奶……比出轨道,直与天公试比高,怎么会开心?

人生苦短,请停止与自己作对。

杯子

□陈 战

当一个玻璃杯中装满牛奶的时候,人们会说"这是牛奶";当改装菜油的时候,人们会说"这是菜油";只有当杯子空置时,人们才看到杯子,说"这是一个杯子"。

同样,当我们心中装满成见、财富、权势的时候,就已经不是自己了;人往往热衷拥有很多,却往往难以真正地拥有自己。

心无杂念

□黄 霑

画家长寿的居多。

大概是因为画家作画时全神贯注,心无旁骛,摒除杂念,一心只注意画的色彩、线条、布局、对比,符合养生之道,因此得享高寿。

一般人杂念多,而且,杂念所涉,多是一己之力所无法控制的事。于是,容易气躁心烦。日子一久,便百病丛生。

画家心中所想,全由自己控制。笔如何下,色用什么,布局如何摆,完全从心所欲,心中自然快乐,连血脉运行也舒畅,身体自然比别人好。

大画家黄永玉可以拿着画板、色盘写生,一画七八个小时,心神完全投入画作之中。这等于有了七八个小时的入定境界,对身心健康裨益甚大。

可惜我于绘事无天分,否则宁愿舍弃一切当画家去。我虽然对长寿无甚兴趣,但对生活中无杂念这事,心向往之。

魔床

□毕淑敏

人是追求理由的动物。其实,所有的理由都来自我们心底的魔床——那就是我们对一些问题的看法和观念。它潜移默化地时刻评价着我们的言行和世界万物。相符了,就皆大欢喜,认为正确合理。不相符,就郁郁寡欢,怨天尤人。

这种魔床,有一个最通俗简单的名字,就叫作"应该"。

有的人心里摆的少些,有三个五个"应该",有的人心里摆的多些,几十个上百个也说不准,如果能透射到他的内心,也许拥挤得像个卖床垫的家具城。

魔床并不可怕,当它不由分说就主宰着你的意志和行为之时,面对残缺,我们只有悲楚绝望。但当我们撕去了魔床上的铭文,打碎了那些陈腐的"应该",魔力就在一瞬间倒塌。随着魔床的轰塌,取而代之的是我们清新明朗的心态。

量力

□郭华悦

有许多听惯听熟了的话，若是再细细咀嚼一番，仍然会感到十分有趣。例如，"癞蛤蟆想吃天鹅肉"这句话，就可以有很多联想。

很久之前，我也曾分析过这句话，现在想到了新的含义，所以再拿出来说说。

癞蛤蟆，在这句话中，自然是代表低的一方，而天鹅肉，则是高的一方。癞蛤蟆不自量力，想以低就高，当然没有成功的可能，于是，结果可想而知，很难有"癞蛤蟆终于快乐地吃到了天鹅肉"的结局。一定是以悲剧收场。

所以，自己量力，知道自己的高低层次。这一点，在男女交往之中，十分重要，不弄清楚，盲目追求，自然便形成了"癞蛤蟆想吃天鹅肉"的局面——癞蛤蟆再努力跳，天鹅展翅一飞，癞蛤蟆终于可以明白"有志者事竟不成"的道理。

与其到时捶胸顿足，号啕痛哭，何不事先量度一下自己呢？

或曰，要一个人自己量度自己，十分困难。其实并不，只要每天抽十分钟时间，照照镜子，就可以很容易看清自己究竟是什么分量了。

中庭树老阅人多

□丰子恺

我已经很老很老了。

历史的红尘冷雨覆我，我听过渔樵的对话。冯异在我身旁默然独立，只为不贪功禄，于是人叫他大树将军。陶潜徘徊不去，告别了折腰生活，人叫他田园诗人。有人折我以遗所思，有人借我系住征人瘦马。人忧、人乐，人乐、人忧，全都容在我心。

没有泪，也没有笑，只有守了千年的沉默。年年，我青青若此。

从前，有一个词人，竟怀疑了，就如此说："树若有情时，不会得青青如此。"

我依然沉默，非因蔑视，只因——唯其沉默，才容得下更多。

脚下照顾

□ [日] 松下幸之助 译/胡晓丁

走进禅寺，其入口处会写有"脚下照顾"四个字，意思是请留意您的脚下，把脱下的鞋子摆放整齐。据说，通过一个人脱鞋的方式，可以看出这个人的人品和作风。

从前有位剑道大师，可以通过对方鞋子的磨损情况，看透其心理。无论对方的剑法如何高超，要是他的鞋底被磨损得歪歪斜斜，就说明其心未定，如此一来，其剑也被视为邪剑。而所谓的端正之剑，正是源于上面所说的"脚下照顾"。

现实生活中，一旦出现经济萧条，人们会不由自主地感到不安，心情忧郁烦躁，失去前进的方向，开始把本领用在邪门歪道上。于是，无序竞争出现了，整个社会因此疲惫不堪。这就是不折不扣的邪剑。

端正之剑使人进步，邪剑不仅伤害自己，也伤害他人。

"脚下照顾"，就是要从我们每个人的脚下开始整顿。

这个时候要做的，是整理房间，清洁周边，端正态度，沉淀心灵。为了实现真正的繁荣，我们应该认真地思考什么才是我们应做之事。

笨的我

□ 朵 拉

年轻朋友被人骂是笨蛋。心有不甘，向我投诉。

笨，其实也不必生气。

人要是知道自己笨，比较甘愿努力进取，好过自恃聪明，然后不求上进。承认自己是笨的，那就会心平气和去做笨功夫，一步一步慢慢来，有人嫌你，会不会太慢呀，你就回答，我很笨的，请你原谅啦。

一般人可能不能容忍笨人，但会原谅，同情他比你笨呀。

事事比人慢，因为笨，也可理直气壮。

无论什么事做错，或是学习进度慢半拍，也不会焦急，想一想，自己本来就是笨的嘛，期待自然降低一点儿，偶尔有大进步的时候，会快乐得飞起。因为发现：原来自己还是聪明的。

浮生若茶

□滕征辉

据说找工作的人,有三种境界:吃饭、饮酒、喝茶。

生活无着的人,工资成了命根子,把肚皮填饱是头等大事。衣食无忧而想发展的人,就会有所抉择。喜欢大碗喝的,去找凉啤酒;喜欢小杯饮的,最好有茅台;其他如土的米酒、洋的葡萄酒,皆是各取所好。

所谓待价而沽或功成名就之士,喜欢品茶。龙井的清,普洱的醇,铁观音的味,猴魁的形。茶不仅代表档次,更是人道的途径。

茶的发现,按照中国的传说,自然又是神农的功劳,神农尝百草而得"茶"。在日本和印度,还有一种说法:一苇渡江的达摩祖师,面壁十年而不睡觉,有一次,不留神睡着了,祖师很生自己的气,就把自己的眼皮割下来,丢到地上。

过了几日,丢眼皮的地方,居然长出一棵小树,祖师再困的时候,嚼几片树上的叶子,就不想睡了。这棵小树,就是茶树。

浮生若茶,浓淡自知。

莴苣

□[越南]一行禅师 译/龙 彦

当你种植莴苣时,你不会因为它没有生长好而责怪它。你会认真思考为什么它没有生长好。也许它需要肥料,或者更多的水,或者更少的阳光。你永远不会责备莴苣。然而,我们与朋友或家人之间出现问题,我们却责备别人。但如果我们知道如何"照料"他们,他们就会像莴苣一样"生长"得很好。"责备"丝毫不会产生积极效应,说理式的劝说或争论亦是如此。如果你理解,并表现出你理解,那么你就能去爱,任何困难也都会迎刃而解。

一天,我进行了这样一场关于不要责备莴苣的讲座。讲座结束后,我听到一个8岁的小姑娘对她妈妈说:"妈妈,记得给我浇水,我可是你的莴苣。"我很高兴,她完全理解了我的话。随后,我听到她母亲回答:"好的,宝贝,我也是你的莴苣。所以,请你也不要忘记给我浇水。"母亲和女儿共同领悟,真美。

习惯

□方　闲

　　一位白人在酒吧当调酒师，他年轻时曾是拳击手，身躯魁伟，肌肉发达，老来骨架还在。86岁时，他仍在工作岗位上。他80岁那年我和他交谈，他说自己工作的理由是"家里的老妻唠叨终日，难以忍受，只好以'工作'躲避"。这说得通。但是老妻在他83岁那年去世了，他依旧坚守岗位——是贪图酒吧的酒随便喝而且不用付钱吗？不是，他没有酒瘾。是钱不够吗？也不是，他有三栋房屋，租金每月上万美元，三个儿女已搬到别处，无一"啃老"。他年轻的时候，什么嗜好也没有培养，老来不会消遣，上班是仅有的寄托。

　　说来说去，他人生的最后一段，"习惯"乃是唯一的依靠。

　　可惜这位拿不起大号酒瓶的调酒师不但来不及，也缺乏扔掉唯一"拐杖"的勇气。对他而言，人生中至关重要的"为什么干活"，已经变成一个公式——为了调酒而调酒，为了打卡而打卡，为了赶时间而赶时间，为了赚钱而赚钱……

　　被习惯主宰的活法，因循者自然轻松。一切早已被设定不必重新思考和学习，惯性推向哪里就往哪里去，直到体力与智力都难以维系习惯时，他们便进入"倒数"——未必是到了终点，而是生活停摆于时间的空白，面对偏离"惯性"的一切，手足无措。

　　记得20世纪90年代美国有一位大名鼎鼎的橄榄球四分卫尤尼塔斯，有人问他为什么选择退休，他的回答引人深思："我当然想多打两三年球，如果能换一条新腿的话……"

努力有时候是愚蠢的

□毕飞宇

　　不会撑船的人都有一个习惯，一上来就发力。这是人在学习的时候常犯的错误：努力。老师们常常告诫我们，要努力！可努力有时候是最愚蠢的。以我撑船的经验来看，在学习的过程中，尤其是初期，"感受"比"努力"要重要得多。过分的"努力"会阻塞你的"感受"。就说撑船吧，在掌握正确的方法之前，"努力"的结果是什么呢？船在原地打圈圈，你在原地大喘气。好的学习方法是控制力气，轻轻地，把全身的感受力都调动起来。在人、物合一的感觉出现之后，再全力以赴。

逆境也是生活

□周国平

人活世上，难免遭遇痛苦，大至亲人亡故，爱侣别离，小至钱财损失，朋友反目。这类事一旦发生，不可更改，就应该用通达的态度来面对，简单地说，就是：把它接过来，然后放下。第一要接过来，在心理上承认和接受事实。坏事已经发生，你拼命抗拒，只是和自己过不去，事情本身不会有丝毫改变。第二，接过来之后，要尽快放下，不把它存在心上。你总存在心上，为它纠结和痛苦，仍然是和自己过不去，实际上是在加大坏事对你的损害。让坏事只存在于你的身外，不让它侵害到你的内心，这是最好的办法。

当然，我们只能尽量这么做，做到什么程度是什么程度。

我们都会说命运无常，可是，一旦厄运降临，往往会陷在假如厄运没有降临的思路里，把命运的突变感受为生活的毁灭，丧失继续前行的勇气。人生没有假如，已经发生的厄运，只有面对它，接受它，从而在命运的新的规定下走出一条新的路来。

人生有顺境，也有逆境。我们往往只把顺境看作生活，认为逆境不是生活，而是不得不忍受的例外，盼望它快快过去，生活可以重新开始。

事实上，如果你的心态平静而又积极，逆境的确也是一种生活。

樱花

□张烦烦

虽说都是开着的花，但开得太壮实就会显得有些笨，甚至蠢。因为是花，总得以姿态取胜，而不是其他。香不香倒在其次，比如有些花，你见过它之后便对旁的别的生出许多抱歉，抱歉自己再不能爱上它们。

一种笃定的喜欢，类似于爱情的忠贞。其实我想说的是樱花，水色的，重瓣的，轻盈的，满枝头。不想用"开"这个词，因为它的意义过于简单，完全不能表达花在枝头由花苞变成花朵的瞬间。究竟如何用词，我心里仍然没数，但我知道，它的这一过程相当于一张脸笑了，一颗心爱了，所有的美和意义在那一刻迸现。

花见，是去见它；花祭，是去爱它。所以会懂得极盛之后的空寂，像一个人独自坐在暗黑的夜里，泫然以泣。

幸福与健康

□ [德] 叔本华 译/韦启昌

所谓"幸福的生活"实应被理解为"减少了许多不幸的生活"。

没有痛苦的状态才是真正的、最大的幸福。

对于人的幸福起着首要关键作用的,是属于人的主体的美好素质,这些包括高贵的品格、良好的智力、愉快的性情和健康良好的体魄———一句话,"健康的身体加上健康的心灵"。

一个人所能得到的最好运数就是生活了一辈子但又没有承受过巨大的精神上或者肉体上的痛苦,而不是曾经享受过强烈无比的欢愉。谁要是根据后者来衡量一个人是否度过幸福的一生,那就是采用了一个错误的标准。人的内心快乐抑或痛苦,首先就是人的感情、意欲和思想的产物。而人自身之外的所有事物,对于人的幸福都只间接发挥影响。

缺乏痛苦的程度是衡量一个人生活是否幸福的标准。如果能够达到一种没有痛苦,也没有无聊的状态,那就确实得到了尘世间的幸福,其他的一切都是虚幻不实的。

我们不应该以痛苦为代价去购买快乐,甚至只是冒着遭受痛苦的风险,这样做也不行。

一个人所能得到的属于他的快乐,从一开始就已经由这个人的个性决定了。

(图/木木)

我的身上蹭满了文字

□ [捷克] 博胡米尔·赫拉巴尔 译/杨乐云

三十五年了,我置身在废纸堆中,这是我的 love story(爱情故事)。

三十五年来我用压力机处理废纸和书籍,三十五年中我的身上蹭满了文字,俨然成了一本百科辞典——在此期间我用压力机处理掉的这类辞典无疑已有三吨重,我成了一只盛满活水和死水的坛子,稍微侧一侧,许多蛮不错的想法便会流淌出来,我的学识是在无意中获得的,实际上我很难分辨哪些思想属于我本人,来自我自己的大脑,哪些来自书本,因此三十五年来我同自己、同周围的世界相处和谐,因为我读书的时候,实际上不是读而是把美丽的词句含在嘴里,嚼糖果似的嚼着,品烈酒似的一小口一小口呷着,直到那词句像酒精一样溶解在我的身体里,不仅渗透我的大脑和心灵,而且在我的血管中奔腾,冲击到我每根血管的末梢。

(图/曹黑黑)

泥人和木人的隔阂

□ 海 星

木人和泥人是一对刚结识不久的朋友。

这天,他俩在河边玩耍,为了给对方一丝清凉,木人调皮地向泥人身上泼水,泥人吓得连滚带爬地逃走,没命地喊:"杀人了,救命啊!"木人生气地冲着泥人的背影抱怨道:"这人真怪,不过是跟你开个玩笑,泼一点儿水在身上算得了什么?怎么就喊救命?"

第二天晚上,两人又在河边见面了,天气有点儿冷,他们便走到篝火前,泥人担心对方受凉,抱起木人就往火边放,木人吓得魂飞魄散,失声喊道:"杀人了,救命啊!"泥人赶紧把木人抱离篝火,不解地说:"你这人也太难处了,怕你冷,才抱你烤火,真不识好人心!"

木人和泥人就这样不欢而散了,此后两人见了就远远地躲着对方,他们心里对对方永远留下这样一个印象:这人太难相处了!

(图/木木)

不可以笨

□ 亦 舒

都说,出来走,坏一点儿还真不打紧,最惨是笨。

有人立定心思要搭架子,三日两头命秘书拨电话来约午膳,真人从来不肯亮相,哈啰都不讲一句,长年累月,推荐秘书与客人做密友。

三五七个月这样下去,好此不疲,奇的是,客人从来都推说没有空,电话邀请却一直不辍。智力真好像有点儿问题。出发点也许不坏,给人印象奇劣。

不敬重人,不要紧,却又为何非邀其出席不可?请不到,应一叶知秋,要不,亲自补几句好话;要不,拉倒算数,偏偏心态矛盾,纠缠不休,又不改良态度。

请客吃饭都搞得这样啰唆,不知如何做生意。

不敏感,不知情识趣,不配做香港人,人人都会监毛辨色,眼仔碌碌,帖子下得这么勉强,已经是种侮辱,谁还会上门来贴时间,赔衣饰,奉献精力。

是以宠坏了一些人。